CW00729452

ÇA ROULE, MA POULE !

Paru dans Le Livre de Poche :

ELLE EST COURTE MAIS ELLE EST BONNE

ET VOUS TROUVEZ ÇA DRÔLE ?

L'HORREUR EST HUMAINE

PENSÉES ET ANECDOTES

COLUCHE

Ça roule, ma poule !

Pensées

suivi de

Coluche à Con-Fesse
ENTRETIEN AVEC PIERRE BENICHOU

et

Descente de police
ENTRETIENS AVEC THIERRY ARDISSON ET JEAN-LUC MAÎTRE

LE CHERCHE MIDI

*Je ne m'adresse pas aux adultes,
je m'adresse ici aux enfants de mon âge.*

Pensées

– Ça t'a plu ?
– Non, et toi ?
– Plutôt, oui.
– C'est pareil que moi, mais à l'envers.

*

Bon, une quotidienne à la radio, c'est du boulot, d'accord, mais en même temps, ça paye. Moi, quand j'ai regardé mon salaire sur le contrat, j'ai cru un moment que c'était mon numéro de sécu !

*

Il paraît qu'il y a sur terre une femme qui donne naissance à un enfant toutes les deux secondes. Il faut absolument la trouver pour l'empêcher de continuer !

*

C'est joli, le progrès! Demain, quand on offrira un livre à un gamin, il le tournera dans tous les sens pour savoir où faut mettre les piles!

*

Faut pas se leurrer, dans la vie, tu commences par croire au Père Noël, puis tu ne crois plus au Père Noël, enfin tu deviens le Père Noël!

*

Je ne parle pas le japonais, non, enfin juste assez pour prendre une baffe!

*

Ce qui est bien avec l'école, c'est que si après on fait de la prison, on n'est pas dépaysé.

*

Le capitaine Cook a fait trois voyages très importants: le premier en Alaska, le deuxième en Chine et le troisième aux

États-Unis. Au cours de quel voyage est-il mort ?

*

Plus on pédale moins fort, moins on avance plus vite.

*

Une maxime de charcutier chinois : la rondelle ne fait pas le printemps.

*

Le sport, j'ai rien contre, je joue à la belote.

*

Il est tissu d'une famille riche, contrairement à la femme à barbe qui elle était hirsute mais d'une famille pauvre.

*

Greenpeace, ils feraient mieux de s'occuper des moustiques avant de s'intéresser aux baleines !

*

Les gonzesses sont de plus en plus belles.
C'est fatiguant à la fin ! On voit bien que
c'est pas elles qui bandent !

*

Moi, Chantal Goya, je l'ai connue avant
qu'elle soit vierge.

*

Le succès, faut pas croire, c'est une question de chance, tous les ratés vous le diront.

*

On n'a jamais pu me dire à quel âge ça
poussait les dents en or.

*

D'accord je claque du blé, d'accord, mais
c'est seulement pour m'obliger à en gagner.

*

Bah oui, c'est la crise, c'est-à-dire qu'il va
falloir que vous vous passiez de trucs dont
vos parents n'avaient pas besoin !

*

Ils vont faire de la bière sans alcool, tu te rends compte… c'est sûrement pour les mecs qu'aiment pas être bourrés mais qu'adorent quand même pisser !

*

Dans les bistrots, on rencontre souvent des gonzesses qu'ont un teint de pêche : jaune et poilu.

*

Alain Delon déclare que les femmes sont folles de lui, à mon avis les femmes sont folles tout court et Alain Delon n'a rien à voir là-dedans.

*

Jean-Paul Belmondo déclare dans VSD : l'Amour, c'est le calme, la paix, la tranquillité. À mon avis, il s'est gouré, il a confondu avec la sieste.

*

Sylvie Vartan déclare que ses chansons s'adressent avant tout au cœur des gens. Le seul problème, c'est que pour arriver là, elles doivent d'abord passer par les oreilles.

*

Bernard-Henri Lévy a dit hier soir qu'on pouvait pas faire d'argent avec la philosophie. À mon avis, c'est seulement qu'il a pas la bonne.

*

Mais non Pasqua n'est pas un monstre, il ressemble à un monstre, c'est tout.

*

– Comment ça: «tais-toi!», on n'est pas marié, que je sache!

*

Je suis allé à une soirée échangiste hier soir. À la fin, on avait tellement bu qu'on s'est tous mis à draguer nos propres femmes.

*

Je lis pas l'annuaire moi, j'attends qu'on l'adapte au cinéma, j'irai voir le film.

*

Moi quand je pars en vacances, je décide plus à l'avance. Pour gagner du temps, je vais à l'aéroport, j'attends de voir où ils expédient mes bagages et je suis.

*

Faites l'amour, pas la guerre... et pour celles qu'auraient pas tout compris au message, je suis chaque jour à Europe 1 de 15 heures à 17 heures.

*

La vie commence à quarante ans, d'accord, mais moi je vous conseille quand même de pas attendre jusque-là si vous voulez pas rater l'essentiel !

*

Jacques Chirac a déclaré que le nucléaire avait de l'avenir, d'accord, mais nous ?

*

Rentrée scolaire morose : manifestation de CGTristes.

*

Quand je mourrai, je veux léguer mon corps à la science, et mon foie à la charcuterie.

*

On a eu deux Napoléons : Napoléon Ier, et le second en pire.

*

Les champignons les plus dangereux sur le marché, on les trouve dans les voitures, sur la pédale de droite.

*

Tous les départements sont touchés par l'inflation : même le Loir est cher !

*

Je peux pas mettre de short sans qu'on me prenne pour un radiesthésiste : j'ai le pendule qui pend.

*

La principale règle du face-à-face politique, c'est de traiter de menteur celui à qui l'on ment.

*

Le Brésil, c'est tel mambo, qu'on pleure quand on samba.

*

Le maquillage selon Line Renaud : avec ton bol de plâtre, tu remplis les trous, tu attends que ça sèche, ensuite tu ponces, et là, tu maquilles.

*

Beaucoup de politiciens montent dans les sondages parce qu'à leur stade, pour descendre, il faudrait creuser.

*

Entre être gracieux et être drôle, j'ai fait mon choix.

*

La raison des cohabitations? Droite et gauche s'entendent mieux entre elles que gauche entre gauche, et droite entre droite.

*

C'est vrai que je ne plais pas à tout le monde. Mais quand je vois à qui je ne plais pas, je me demande si ça me dérange vraiment. J'en suis même très souvent content.

*

Des milliers de gens s'entre-tuent chaque jour pour des raisons qu'on ignore, et, pour certaines, qu'on ignore moins, mais on laisse faire quand même.

*

Beaucoup d'artistes prennent la grosse tête. N'empêche que ceux qu'on applaudit le plus, ça reste les moustiques.

*

Je parle du cul, je parle du cul, d'accord, mais pas l'hiver... l'hiver, je parle du nez!

*

J'ai réussi à dépénaliser le mot « enfoiré ».

*

Du point de vue des critiques, un artiste a toujours un succès disproportionné à son talent.

*

Qui pond un œuf, pond une poule puisqu'on ne sait pas qui a commencé !

*

Une balle perdue, dix de retrouvées, comme disent les mecs morts à la guerre.

*

Heureusement que la boxe, c'est pas comme les autres sports, deux manches et une belle, parce que le pauvre mec qui se fait démolir dès la première, il faudrait qu'il y retourne deux fois se faire casser la gueule !

*

Pompier en Corse, c'est un bon job, là-bas, y a pas le feu !

*

Mai 1968, quand je pense au grand mouvement de jeunesse que ça a été, toutes les idées neuves, et quelle a été la seule chose que le gouvernement a trouvé à faire en réponse ? Il a fait goudronner les rues de Paris pour plus que les flics se prennent des pavés dans la gueule. Non, mais tu te rends compte, c'est tout ce qu'ils ont entendu, eux. Franchement, hein, les mecs qui tiennent le haut du pavé...

*

On devrait inventer l'Alcootest politique, on devrait faire souffler les hommes politiques dans un ballon pour savoir s'ils ont le droit de conduire le pays au désastre.

*

D'après Pascal, tous les hommes sont bons. Ce que contredisent les plus grands philosophes cannibales.

*

Je pourrais essayer d'être gentil à partir d'aujourd'hui, ne dire que du bien de tout le monde, de Danièle Gilbert, de Régine, de Michèle Torr, d'Hugues Aufray même, dont il n'y a que du bien à dire, d'ailleurs, oui, je pourrais faire ça… il faut bien vivre dangereusement de temps en temps, non ?

*

Faire sauter une contravention, y a rien de plus simple, vous la mettez dans votre main, vous la lancez en l'air et le tour et joué, elle saute.

*

Au gala de l'union, je vais jouer à Guillaume Tell, enfin moi je serai le mec avec la pomme sur la tête et un autre mec enverra une flèche. On a répété déjà, sans la flèche, hein, ça on le garde pour le grand soir, quitte à ce que je me la prenne dans la tête, autant qu'il y ait la télé !

*

Le progrès, l'homme courant après la civilisation, quelle tristesse ! Et tout ça pour lutter contre quoi monsieur ? Je vous le donne
Émile, pour lutter contre la tristesse et l'ennui. L'homme s'est mis en société pour lutter contre l'ennui et depuis il s'emmerde.
C'est pas joli comme calcul : toute notre
civilisation repose sur des erreurs.

*

Régine déclare que le secret de son bonheur,
c'est qu'elle ne voit son mari que deux jours
par semaine. Je crois que c'est surtout le
secret du bonheur de son mari.

*

Un viol, c'est de un à six ans de prison. Je
sais pas en fonction de quoi on a un ou six
ans, c'est pas précisé. Peut-être qu'il y a des
mecs qui ont plus violé que d'autres, à moins
que ce ne soit un problème de taille, je ne
sais pas moi, une espèce de prix au poids.

*

Le Pen dément avoir tenu certains propos…
Le Pen dément ? Vous voyez, on est pas les
seuls à dire qu'il est fou.

*

Premier hautbois dans un orchestre, ça c'est bien. Bah oui, quitte à aller au Bois, autant être le premier.

*

– Les femmes m'ont toujours réussi.
– Oui, sauf ta mère.

*

La différence qu'il y a entre Chirac et Giscard, c'est que y'en a pas, mais Giscard sait qu'il y en a pas alors que Chirac sait qu'il y en a une.

*

Le Luxembourg projette de faire la guerre à l'Andorre. Leur arsenal est composé d'un avion pour l'Armée de l'air et d'un char pour l'Infanterie. L'aviation a des chances de réussite mais l'Infanterie aura du mal à la frontière de l'Andorre parce que là-bas, ils ont un gros chien.

*

Qui aime bien, charrie bien.

*

Si la terre tourne autour du soleil, on se demande ce qu'elle fout la nuit.

*

Une pensée chinoise: la luxure, c'est la coupe des vices.

*

Un névrosé c'est le mec qui fait des châteaux en Espagne, un psychopathe c'est celui qui habite le château en Espagne et le psychiatre c'est celui qui prend le loyer.

*

J'ai une très mauvaise nouvelle: paraît que le Père Noël croit plus aux enfants.

*

Un Tunisien tabassé dans un car de police: le flic dit pour sa défense: «je ne me souviens pas d'avoir entendu monsieur Didi crier sous les coups». C'est ce qui s'appelle taper comme un sourd.

*

On a croisé un hérisson avec un mille-pattes. Résultat : deux mètres de fil barbelé.

*

Ceux qu'ont fait la guerre, ils veulent s'en souvenir, ils veulent pas qu'on l'oublie, parce que c'est la seule chose qu'ils croient avoir fait de bien dans leur vie, et ceux qui ont pas fait la guerre ils veulent pas en entendre parler, parce que c'est la seule chose qu'ils pourraient faire de mal dans leur vie.

*

Line Renaud, elle a trouvé une combine pour les rides, pour se tendre la peau du visage, elle porte plus de soutien-gorge.

*

La plus grande erreur qu'ont faite les banlieusards c'est que quand ils ont voulu s'éva-

der de Paris, ils se sont évadés tous en
même temps.

*

Vous avez déjà entendu parler un Danois?
On dirait un Allemand qui parle sous l'eau.

*

Tout le monde parle du rêve américain, moi
je veux bien, mais je dis que les mecs au lieu
de dormir, ils feraient mieux de bosser.

*

Maintenant les morts se mettent à voter.
Et je sais pas si vous avez remarqué mais
les morts sont à droite. Déjà pour un mec
de gauche, mourir, c'était pas drôle, mais
alors maintenant qu'on sait ça, c'est terrible.

*

Le bateau à voile, c'est chiant. Mais par
temps calme, c'est très très chiant. À moins
de penser à prendre des jerricans de vent,
évidemment.

*

Quand je dis Mai 68, c'est pas à moi, hein !

*

Ils me font rire les politiques à dire qu'il faudrait changer le cadre de vie – ils feraient mieux de commencer par changer la toile !

*

Alors ils mettent les élections le dimanche, et après ils gueulent parce que comme il a fait beau personne n'est allé voter. Tu crois pas que la première chose à faire ça serait de les mettre en semaine ?

*

Les mecs prétendent que les prix littéraires ne sont pas truqués, que tout le monde a sa chance. Ils se foutent un peu de la gueule du monde, quand même. Tout le monde aura sa chance le jour où ils récompenseront un mec qu'a pas écrit de livre !

*

Jane Birkin, elle est mignonne, le seul truc, c'est qu'il faut faire gaffe à ce qu'elle n'ait pas la chair de poule, sinon tu sais plus où sont ses seins !

*

Nouveau crash d'avion. Je ne le dirai jamais assez : vous qui voyagez en avion, exigez de payer à l'arrivée.

*

Avant ils avaient *La Joconde*, aujourd'hui on a la *Vache qui rit*.

*

Regardez maintenant l'augmentation des loyers. En France, on va devenir très très balèzes. Le matin, t'y passes, y a les fondations de l'immeuble. Le soir, tu reviens, y a déjà les premières expulsions des mecs qu'ont pas payé leur loyer.

*

En tant que chômeur, je remercie tous les enfoirés. Je remercie les enfoirés de gauche qui nous ont fait croire que c'était la droite qui savait pas gérer et que c'est pour ça qu'on était dans la merde. Je remercie les enfoirés de droite qui nous ont fait croire que c'était à cause de ce qu'avait fait la gauche qu'on ne s'en sortait plus. Je remercie les enfoirés de patrons qui nous ont fait croire que c'était à cause de l'État qu'on n'arrivait pas à s'en sortir. Et je remercie les enfoirés de syndicalistes qui nous ont fait croire que c'était la faute aux patrons. Tous se rejettent la faute les uns sur les autres. Et finalement, qui c'est qui l'a dans le cul ? C'est nous, c'est ceux qui ont un cul.

*

On n'habitait pas la même ville. Tous les jours je lui envoyais une lettre. Elle a fini par se mettre en ménage avec le facteur.

*

En général, on épouse une femme, on vit avec une autre et on n'aime que soi.

*

Au fond, je suis très proche des gros cons dont je parle. Au partage, j'ai seulement eu un petit peu plus d'humour.

*

Il faut pas oublier qu'un journal coupé en morceaux, ça n'intéresse pas une femme… tandis qu'une femme coupée en morceaux, ça intéresse les journaux.

*

Aux césars, ils vont remettre un prix à Simone Signoret. Au Salon des antiquaires, on lui aurait simplement mis un prix !

*

Gilbert Montagné en concert à l'Olympia ce soir. Pourvu qu'il trouve !

*

J'ai beaucoup raconté des blagues d'handicapés à des handicapés, des blagues d'aveugles à des aveugles, et franchement, de toutes les infirmités connues dans le monde, y a que la connerie qui fait pas rire celui qui l'a.

*

Vous savez comment on reconnaît un gendarme d'un voleur ? Non ? Eh bien, moi non plus !

*

J'ai enfin la réponse ! Ce week-end, j'ai demandé à un flic pourquoi il m'emmerdait, il m'a répondu : «Je suis minable, il faut bien que j'emmerde quelqu'un de connu !»

*

Le problème avec nos élections, c'est que le résultat compte pour les hommes politiques, pas pour nous.

*

Je ne sais pas si vous avez remarqué, mais il y a de moins en moins de débats politiques à la télé. On avait déjà fait aimablement remarquer aux hommes politiques que ça nous pompait l'air, eh bien, ça y est, eux aussi !

*

Je sais pas si c'est la saison des pêches, mais moi j'en ai une d'enfer aujourd'hui !

*

Elle est tellement moche qu'ils l'ont accep-
tée dans un club de nudistes uniquement
à condition qu'elle se mette une feuille de
vigne sur la tête.

*

Les seuls problèmes des hommes politiques,
c'est de savoir qui aura le couteau, qui aura
la fourchette. Là où ils sont tous d'accord,
par contre, c'est pour bouffer dans votre
assiette.

*

J'ai été nourri au sein. Par mon père.

*

On était tellement pauvres quand j'étais
gamin que pour mon anniversaire, on me
montrait la photo d'un gâteau d'anniversaire. Le plus difficile, c'était de souffler les
bougies.

*

Il est moche son gosse, faut pas qu'y joue dans un bac à sable lui, sinon les chats vont essayer de le recouvrir.

*

Les hommes politiques ne peuvent pas garantir le maintien du pouvoir d'achat ? Très bien, alors nous ne pouvons pas garantir le maintien des hommes politiques.

*

Et si par hasard un jour les pauvres, au lieu d'aller travailler, s'enfermaient chez eux avec de la nourriture pour trois mois, qu'est-ce qui se passerait ? Quel est le con qui a eu cette idée, il faut l'attraper, il est dangereux !

*

Le problème de la liberté de la presse, c'est que c'est une contradiction dans les termes pour les hommes politiques. Pour être complètement libres, il faudrait, eh oui ! qu'ils interdisent les journaux !

*

Y a-t-il une vie après la mort? Le pape déclare: «Seul Jésus pourrait répondre à cette question. Malheureusement, il est mort.»

*

Line Renaud quand elle était jeune, la mer Morte était pas encore malade.

*

C'est pas que je suis gros, c'est juste qu'il est pas très prudent de prendre l'ascenseur avec moi. Sauf si vous voulez descendre, évidemment.

*

Perdre des kilos dans une salle de sport, je vois pas. À moins de se faire arracher un bras par une machine, évidemment.

*

L'intelligence, c'est pas sorcier, il suffit de penser à une connerie et de dire l'inverse.

*

C'était l'anniversaire d'Eddy Mitchell hier. Je savais pas quoi lui offrir, il a déjà tout. Alors je lui ai apporté un système d'alarme.

*

Avec la retraite, les mecs ont assez de fric pour vivre peinards jusqu'à la fin de leurs jours. Sauf évidemment s'ils veulent acheter quelque chose.

*

Je fais deux régimes en même temps, parce qu'avec un seul, j'avais pas assez à manger.

*

Il paraît que l'alcool est déconseillé aux femmes enceintes. Pourtant, entre nous, si y avait pas l'alcool, y aurait pas beaucoup de femmes enceintes.

*

Eddie Barclay, il les épouse de plus en plus jeunes, lui. Remarque, c'est bonnard, parce que comme ça ce qu'il arrive plus à faire, elles savent pas encore que ça existe !

*

Les effets de l'inflation, je vous explique : le temps que vous gagniez du blé, vous pouvez plus vous payer ce que vous achetiez quand vous étiez pauvre.

*

J'aurais bien aimé pouvoir aider tout le monde, mais Dieu aurait gueulé à la concurrence déloyale.

*

Certains commencent à l'extrême gauche et finissent à l'extrême droite : il paraît que c'est un chemin qu'on fait avec l'âge. J'espère mourir avant.

*

Si toutes les personnes qui en ont les moyens faisaient un don compris entre 50 et 100 francs aux Restos du Cœur, je ne sais même pas si on aurait assez de pauvres.

*

Avant, c'était le public qui s'emmerdait avec la politique. Avec la cohabitation, c'est au tour des politiciens, ce qui n'est que justice.

*

Jean Ferrat, Ardéchois et communiste, est doublement isolé. Et en plus, il aime la solitude !

*

Il paraît que la reine d'Angleterre coûte deux fois moins cher à son État que le président de la République française au sien. Mais ce n'est pas ce que ça coûte qui importe, c'est ce que ça rapporte.

*

Les ministres canadiens ont refusé leur salaire, pour exprimer leur solidarité face à la crise. À ce prix-là, on pourrait carrément leur retirer leurs portefeuilles, puisqu'ils ne s'en servent pas.

*

On aurait versé au gouvernement nigérien 25 millions de dollars pour la signature d'un contrat : l'argent au noir prend des proportions considérables dans ce genre d'affaires.

*

Je comprends pas tout, mais je parle de tout : c'est ce qui compte.

*

Jean-Marie Le Pen a déclaré qu'il ne donnerait rien aux Restos du Cœur. Je n'aurai qu'un mot : ouf !

*

La grande escroquerie des sondages, c'est de poser à n'importe qui des questions auxquelles personne ne peut répondre.

*

Si l'on s'occupait autant des hommes que des bêtes, en ce bas monde, ce serait nettement moins le bordel.

*

On est censés vivre en paix, et, pourtant, depuis 1945, les 130 «petits» conflits totalisent 30 millions de morts.

*

Vergès, il est bien comme avocat, lui au moins, il place pas le barreau trop haut.

*

Synthol, priez pour nous!

*

La prison peut mener n'importe où à condition d'en sortir.

*

Le FN, qui portait trop souvent plainte, a dû payer 5 000 francs pour procédure abusive: pour une fois, justice est fête.

*

Tu te laisses aller, ou tu te les poivrais?

*

Concile de Trente : les catholiques sont repartis en protestant.

*

Un golfeur éborgne un collègue et demande à homologuer ce dix-neuvième trou.

*

Défense des blagues misogynes et racistes : personne n'empêche les femmes et les Noirs de faire des blagues.

*

On peut être fossoyeur et vrai con.

*

Le soutien-gorge est un véritable et indispensable outil républicain : ça soutient la gauche, ça soutient la droite, et ça évite le ballottage.

*

Chirac, tête de liste ravigote, récupère à des fins politiques la gastronomie française : veau et usage de veau !

*

Le PC et la CGT : un mâle et une femelle qui n'ont jamais réussi à faire des petits.

*

Sous prétexte d'emmerder la gauche, Chirac emmerde les Français : faut pas confondre !

*

Chez des personnes comme Thatcher, les cheveux sont une maladie de la tête : ils poussent n'importe comment, même à l'intérieur, malaxent le cerveau, et nous, nous en subissons les conséquences.

*

Madame Tas-de-Chair est ainsi appelée à cause de la viande qui lui pousse autour des os.

*

En Chine, on soigne l'impuissance en appliquant des aiguilles d'acupuncture autour de la bouche. Devinez où ils les plantent pour guérir les bègues…

*

« Le temps est relatif » : c'est vrai. Prenez un rendez-vous pour le 30 mars, pointez-vous le 31, ça vous fait un jour de retard. Mais prenez rendez-vous pour le 31, et pointez-vous le 1er avril, et ça vous fait déjà un mois de retard !

*

Manifestation de sourds qui trouvent qu'on ne les entend pas assez : les Italiens aussi parlent avec les mains, mais eux n'en font pas toute une histoire.

*

Un groupe de prostituées de la rue Saint-Denis a fait un don aux Restos du Cœur. Pas en nature, évidemment, sinon ce serait les Restos du Corps.

*

Le PC a fait distribuer 10 000 tracts dans lesquels il explique comment créer un million d'emplois. Engager des mecs pour distribuer 10 000 tracts, c'est déjà une partie de la solution.

*

Comme dirait Le Pen, le sida salive pas qu'aux autres.

*

Quand un politicien dit qu'il est contre la dispersion, ça signifie qu'il n'aime pas qu'on soit contre lui.

*

Claudia Cardinale au festival d'épouvante d'Avoriaz. C'est terrible, l'âge.

*

La logique n'est pas de ce monde : comment expliquer que les tableaux de Monet ne soient pas les plus chers ?

*

S'il faut ressembler à Le Pen pour être français, moi j'arrête.

*

Mise en vente des premiers chewing-gums à la nicotine : également au Bon Mâché ?

*

Un berger allemand s'est brûlé l'appareil génital en urinant sur un câble électrique. Un berger allemand ? Ja volt !

*

Avoir mauvais goût, c'est toujours mieux que de ne pas en avoir du tout.

*

Souvent l'électeur de gauche vote communiste au premier tour pour montrer qu'il aime les ouvriers, et socialiste au second pour gouverner.

*

J'ai appris à danser le twist en écrasant un mégot avec le pied droit et en me frottant une serviette dans le dos.

*

Richard Cocciante, comme son nom l'in-
dique.

*

On peut être là sans être fatigué…

*

Heureusement qu'on a les syndicats ! Par
exemple, l'autre jour, dans une usine, un
ouvrier a fait une erreur, il a renversé un truc
et il a foutu le feu à tous les bâtiments. Eh
bien, si le syndicat n'avait pas été là, puis-
sant, ils le viraient !

*

On a coupé la jambe gauche de Tito. Maintenant, s'il marche dans la merde, ce sera
vraiment du malheur !

*

Tant va la cruche à l'eau qu'à la fin y a plus
d'eau !

*

L'argent n'a pas d'importance quand on en a beaucoup.

*

J'ai vendu des fruits aux Halles quand j'étais jeune. Oh, pas longtemps, juste le temps d'apprendre qu'il fallait mettre les taches en dessous.

*

Le problème chez les chanteurs, c'est que y en a quand même beaucoup qu'ont trop de succès par rapport à ce qu'ils ont de talent.

*

Quand j'ai fait mon premier disque – *Mes adieux au music-hall* –, y a des cons qui ont cru que c'était moi qui m'en allais alors que c'était le music-hall qui était en train de disparaître !

*

Raymond Barre n'a jamais été aussi populaire que depuis qu'il n'a plus rien fait.

*

Je dis souvent des conneries en politique, mais au moins, moi, c'est parce que j'y connais rien.

*

Dormir sur son lieu de travail n'est pas un délit, mais l'Assemblée nationale n'est pas un divan non plus.

*

À cause de ses roupillons répétés à l'Assemblée nationale, Raymond Barre pourrait être oreiller de la liste.

*

Avec Eurodisney, Mickey est entré en France. Picsou, lui, est resté aux États-Unis pour la comptabilité.

*

On a ouvert un fast-food sur la place Rouge : on y mangera sans doute à la carte... du Parti.

*

La médecine est à la pharmacie ce que Dieu est à l'Église. L'Église existe, mais Dieu ?

*

Une augmentation de 140 %, c'est plus de moins de la moitié.

*

J'ai fait tellement de fugues que j'aurais dû avoir mon Bach.

*

La justice répressive punit lourdement pour décourager les fautifs. Le problème, c'est qu'avec ce système, de simples chats qui peuvent nous griffer, on fait des tigres qui peuvent nous bouffer.

*

Afin de limiter les cas de maladies honteuses dans les régiments d'outre-Rhin qui font grande consommation de prostituées, on a installé pour la première fois dans les casernes cet écriteau : « Soldats, interdit de tirer. »

*

Les Russes ont invité des responsables américains à visiter les centrales nucléaires soviétiques (ça doit certainement être les seuls trucs visitables en URSS), inaugurant ainsi l'ère de l'espionnage touristique : avant, l'espionnage consistait à cacher ce qu'on avait trouvé, maintenant il consiste à faire visiter ce qu'on a trouvé pour faire peur à son adversaire.

*

L'histoire d'amour de Jean-Marie et Pierrette Le Pen a commencé quand lui a été dans elle, et a fini quand elle a été dans *Lui*.

*

Des Algériens ont voulu créer une association de défense des droits de l'homme. Ils se sont vu aussitôt attribuer des locaux par le gouvernement, pour une période de six mois à trois ans... ferme.

*

Bonne nouvelle : les impôts pourraient diminuer de 50 % ! Mauvaise nouvelle : c'est aux États-Unis.

*

J'y connais rien, mais je suis assez d'accord pour que les Anglais ne s'occupent pas de bouffe dans la CEE. Qu'ils se contentent de produire des cuvettes pour vomir.

*

18 % des Français font confiance aux hommes politiques. C'est beaucoup, mais il faut préciser que parmi les personnes sondées, il y avait des hommes politiques, ainsi que leurs familles.

*

Je n'ai pas l'intention de faire de pub, même pas pour faire comme tout le monde.

*

La CGT s'est excusée pour la dernière grève de métro. Elle fait bien de s'excuser elle-même, parce que si elle compte sur nous, elle peut toujours se brosser.

*

Comiques syndiqués, grève de plaisanterie !

*

En période de fêtes de fin d'année, on a volé dans les fermes des environs de Londres près de 170 dindes : la famille royale n'ose plus sortir.

*

Sans le moindre racisme, je dois dire qu'entre le blues, le jazz, le rock, le reggae, tout est noir.

*

Si le jazz avait été russe, la face du monde en aurait été changée.

*

J'écrirai un livre quand je serai vieux et que j'aurai quelque chose à dire : je dénoncerai tout le monde, je donnerai noms et adresses de ceux qui m'ont embêté pour qu'on aille les mordre.

*

Des Chinois ont manifesté contre le nucléaire : ils ont été reçus, on en a parlé, on ne changera rien, mais ils pourront revenir.

*

Le Pen est contre les films porno de Canal +. Normal, Le Pen à jouir.

*

À force d'être toujours contre tout et tout le monde, Le Pen en viendra un jour à être contre les gros cons, paradoxe qu'il risque de mal vivre.

*

Message pour les écolos canadiens : sauvez un arbre, mangez un castor.

*

Vingt-cinq nouvelles vespasiennes pour San Francisco : ça fait une vespasienne pour quatre Francisco.

*

Le Festival de Cannes est ainsi appelé parce qu'il n'y a que des vieux.

*

Y a pas de raisons pour que l'année précédente soit plus triste que la nouvelle, alors plutôt que de souhaiter les meilleurs vœux, je souhaite beaucoup d'humour.

*

On diffuse de la musique dans certains W.-C. publics. Sûrement de la musique de chiottes.

*

Il écrit bien, hein, Renaud ? Tout à la main. C'est beau, l'artisanat.

*

Les Soviétiques avaient réussi à créer une race de vaches dotées de cous de girafe : elles bouffaient en Pologne et se faisaient traire en URSS.

*

Les petits Chinois auront des cours d'éducation sexuelle : cette décision a été prise au Parti, premières concernées.

*

Tous les hommes naissent libres et égaux en droits, c'est seulement après qu'on choisit ceux qui porteront un képi.

*

Dans un procès, vous avez les avocats vers vous, et les avocats véreux.

*

Le troisième sexe ? Franchement, moi, je saurais pas où le mettre.

*

On a beau dire que quand on rit de tout, on ne fait pas de politique, on finit toujours par en faire un peu.

*

Les cimetières ont augmenté leurs tarifs. Eh oui, le coût de la vie augmente !

*

J'ai le derrière plus large que les épaules. Avec un costume, j'ai l'air d'être dans un sac.

*

– *Qu'est-ce que vous écrivez sur les autographes ?*
– « Machinalement, Coluche. »

*

Le ministre des flics, en général, c'est un mec fragile, c'est pour ça qu'on le met à l'Intérieur, pour qu'il prenne pas froid.

*

Jacques Brel c'était *Le plat pays qui est le mien*, Jacques Borel, lui, ça serait plutôt : le plat pourri qui est le mien.

*

Y a beaucoup d'écrivains qui feraient mieux d'écrire sur un papier beaucoup plus fin et de vendre leur livre avec un truc pour l'accrocher dans les toilettes !

*

Le XVIe, c'est le seul arrondissement où les épiciers ont le bac et où les Arabes sont italiens.

*

On a fait un disque pour l'Éthiopie avec les meilleurs chanteurs français. Pour les autres, ça serait sympa que l'Éthiopie fasse un disque pour eux !

*

Il est midi, l'heure de la faim dans le monde !

*

Pour consoler les mecs qu'ont encore perdu au Loto, je rappelle que l'essentiel n'est pas de gagner, mais de participer !

*

La course des garçons de café ça existe encore ? Il suffit d'aller boire un coup pour s'apercevoir que les mecs s'entraînent plus beaucoup !

*

Elle a grossi, hein, Elizabeth Taylor ? Moi, je serais elle, déjà j'arrêterais de prendre mes aspirines dans de la mayonnaise.

*

Noah, lui, il a de belles dents, il est tranquille, il peut manger une pomme à travers une raquette.

*

J'ai un copain, il est moitié juif, moitié italien, quand il arrive pas à négocier assez un truc, il le pique.

*

Un homme politique de gauche maintenant, c'est un mec qui traite convenablement ses domestiques.

*

Le ministre de l'Intérieur a déclaré qu'il fallait enlever la drogue des rues. C'est déjà ce que font les mecs dans les rues. Ils enlèvent la drogue. Gramme après gramme.

*

Sécurité et liberté, c'est plus et moins : plus de sécurité pour les riches, moins de liberté pour les pauvres !

*

Le gouvernement prétend que Boulin s'est suicidé par honnêteté. C'est pas flatteur pour les autres ministres qui, eux, ne sont pas morts.

*

Chirac, c'est pas le genre à marcher sur ses amis. Le problème, c'est qu'en politique, on n'a pas d'amis.

*

Il ne faut pas croire que tous les policiers sont intelligents : ce serait généraliser.

*

Le commissaire Froussard ne comprend pas qu'on puisse porter plainte contre lui pour avoir assassiné l'ennemi public numéro un. « C'est la balle qui l'a tué, déclare-t-il, et personne ne porte plainte contre le fusil ! Moi, je ne suis que le doigt qui a appuyé sur la gâchette, c'est pour dire à quel point j'y suis pour peu de chose ! »

*

Comme disait Gepetto : la colle à bois et la caravane passe !

*

Je commencerai un régime le jour où pour chercher un truc dans ma poche, je serai obligé d'enlever mon pantalon.

*

Avant, on appelait ça des péchés, aujour-
d'hui, on appelle ça des maladies, mais on
l'a dans l'cul tout pareil!

*

Le problème, si on se laisse emmerder par
les uns, c'est que ça donne le mauvais
exemple aux autres.

*

En France, on a à la fois les autoroutes les
plus chères d'Europe et en plus celles où il
y a le plus de bouchons. Alors non seulement faut payer, mais en plus faut attendre
pour payer!

*

Pour avoir une chance d'être Premier
ministre faut être ou un gros qui rassure ou
un maigre qui fait peur.

*

Drôle d'époque où ce sont les Allemands
qui font des affaires et les Juifs qui font la
guerre!

*

Quand j'étais gamin, j'étais très têtu. Ma mère m'enfermait dans le poulailler pour me punir. Eh ben, j'étais tellement têtu que j'ai jamais rien pondu !

*

Je suis allé une fois chez une voyante. Elle m'a dit qu'elle voyait autour de moi une grande déception. Elle a compris de quoi il s'agissait quand je lui ai dit que j'avais oublié mon portefeuille.

*

Cinq cents piges après le procès de Galilée, les cardinaux du synode s'excusent et reconnaissent qu'il avait raison. Alors si vous dites un truc qui déplaît à l'Église, vous cassez pas, ça s'arrange toujours, il suffit d'attendre cinq cents ans.

*

Le docteur m'a demandé de suspendre mon traitement. Depuis, je porte mes suppositoires en collier.

*

Il faudrait quand même pas prendre Harlem Désir pour une réalité !

*

Vous savez comment on reconnaît un pauvre en Suisse ? Il loue sa Mercedes.

*

Je suis pour l'amour à trois. Parce que si y en a un qui s'endort, il reste toujours à qui parler.

*

La dernière fois que j'ai vu une bouche comme la tienne, y avait un hameçon de planté dedans !

*

Ça, c'est bien les bonnes femmes, c'est elles qui nettoient, qui cuisinent, qui remplissent les sacs-poubelle et ça serait à nous de les descendre ! Faut pas déconner !

*

Elle a peur du noir ? Attends qu'elle me voit à poil, après elle aura peur de la lumière !

*

J'ai des copains qui ont un chien. Son os favori, c'est mon mollet.

*

Une fois, un mec m'a menacé avec son couteau. Mais c'était pas un pro, y avait encore du beurre sur la lame.

*

Premier novembre, fête des Morts, et encore des cons qui vont se tuer sur la route. Peut-être que les mecs ont pas compris comment ça s'écrivait, eux ils vont dans les bars, ils se saoulent la gueule puis ils prennent la voiture parce qu'ils pensent que c'est « Faites des morts ». Tout ça pour dire qu'il faut arrêter de confondre permis de conduire et permis de chasse.

*

17 % des femmes ne portent pas de culotte. Enfin, d'après des marchands de chaussures...

*

Moi, je crois que si on nous donne le choix entre deux choses, le mieux à faire c'est de prendre les deux.

*

Heureusement que l'amour n'est pas aveugle parce que moi, ce que je préfère, c'est les porte-jarretelles.

*

On a pas besoin d'être riche et célèbre pour être heureux, il suffit d'être riche.

*

Un conseil aux filles qui n'ont pas de jolis yeux : ayez de gros seins et ça passera inaperçu !

*

Et pour les ados déjà poilus, prière de laisser l'acné sous le paillasson !

*

Je suis allé voir le dernier Godard au cinéma, eh bien, croyez-moi, la fin est heureuse : on finit en effet par sortir de la salle.

*

Il y a certains films que j'ai vus au cinéma, eh bien, les types se seraient fait plus de pognon en faisant payer la sortie que l'entrée tellement c'était nul.

*

En Allemagne, on vient de voter une loi qui interdit de tuer les poules à coups de karaté ! Donc, désormais, le coup du lapin sera réservé aux lapins.

*

On nous annonce un été indien. J'espère qu'il y aura les plumes !

*

Je voudrais dire à ceux qui m'envoient des lettres d'écrire plus lisiblement, parce que y en a... ils méritent déjà largement leur **CAP** de médecine!

*

On a arrêté un type sur l'autoroute à 266 kilomètres/heure. Il a prétendu qu'il était en train de doubler un camion. À mon avis, à cette vitesse-là, il aurait même pu le tripler!

*

Dans «l'excellent» *Libération*, on lit qu'un couple vient de mettre au monde son 21e enfant. Donc, si le mec m'écoute, c'est ta femme qui doit la prendre la pilule, pas toi!

*

Il paraît que le président américain aurait dit au président russe que leurs deux pays devront faire une alliance en cas d'attaque extraterrestre. Alors je vous en prie, Martiens, attaquez la Terre pour qu'on vive en paix!

*

Aux États-Unis, l'État a acheté un canon de plusieurs millions de dollars qui n'a encore jamais atteint sa cible. C'est ce qu'on appelle de l'obus de confiance, non ?

*

J'ai reçu un courrier d'un monsieur qui fabrique des modèles réduits, et comme son entreprise marche bien, il en cherche une plus petite.

*

Comme d'habitude, les hommes politiques ne disent rien et la presse fait plusieurs jours avec !

*

Après une pétition d'aveugles, *Playboy* vient de sortir aux États-Unis sa première édition en braille. Je me demande à quel endroit ils ont mis les trous.

*

En Allemagne, une femme a étranglé, noyé, dépecé, cuit et rôti son mari par «amour». Elle, c'est «je t'aime à m'nourrir!»

*

Toutes les puissances de l'ONU se sont prononcées contre le terrorisme. Alors, ou c'est le terrorisme qui devra s'arrêter, ou c'est l'ONU.

*

Un usager d'Air France vient de se faire gauler avec 10 kilos d'héroïne dans sa valise, on peut donc dire qu'à Air France, le trafic est interrompu. On lui souhaite un bon avocat de la défonce.

*

Le Pen a dit qu'il était contre le porno de Canal. Remarque, c'est vrai que lui il voit que la moitié de l'écran, il est obligé de regarder deux fois pour trouver ça excitant.

*

Chirac : « Contre le chômage, il faut travailler davantage. » Oui, et contre la pauvreté, il faut être plus riche.

*

Marx, il étudie la croissance du grain de blé
sous l'angle du travail du paysan. Bon ! Mais
il oublie juste l'action du soleil !

*

Les Belges et les Suisses, c'est les deux seules
races qui se rendent pas compte qu'en fait
c'est pareil.

*

Figure-toi qu'un jour… c'était la nuit d'ailleurs.

*

Ah, elle est jaunie la jeulesse, hein !

*

Avant, quand y avait pas les déodorants, à
cinq heures on avait l'odeur, on savait qu'il
était cinq heures. Maintenant, on s'met des

rillettes, on sait plus! On sait plus l'heure,
on est emmerdé!

*

J'ai mes papiers en bonnet difforme!

*

Il paraît qu'un ordinateur est capable de
battre un humain aux échecs. Je commencerai à m'inquiéter, moi, le jour où ils nous
battront au judo.

*

S'il n'y avait pas de pickpockets, y a des
femmes qui n'auraient aucune vie sexuelle!

*

Moi, ma mère, les nausées, elle les a eues
après ma naissance.

*

Le Pen, à chaque fois qu'il se regarde dans
le miroir, il a des nausées – comme quoi,
malgré son œil, sa vue est bonne!

*

Le problème avec les gens, c'est que quand
on leur dit qu'il y a trois cents milliards
d'étoiles, ils nous croient, mais quand on
leur dit que la peinture est fraîche, il faut
qu'ils mettent le doigt sur le mur pour véri-
fier.

*

L'homme et la femme sont comme les deux
faces d'une même médaille, ils ne peuvent
pas se voir, mais ils restent ensemble !

*

Ce qui est bien avec les régimes, c'est
que le deuxième jour est toujours plus
agréable que le premier, parce qu'en général, le deuxième jour, tu fais déjà plus ton
régime.

*

La bonne santé n'est que la plus lente des
façons de mourir.

*

Ce sont les grandes perversions qui font avancer le monde. Par exemple, on n'aurait jamais connu le lait si un jour un obsédé ne s'était pas dit qu'il allait avaler ce qui sortirait des pis d'une vache après les avoir un peu branlotés.

*

J'ai passé la nuit dans un très vieil hôtel, le genre à t'envoyer une lettre pour te réveiller.

*

Ce qui est bien, c'est que les gens se reconnaissent en moi. Les plus cons, les plus laids se disent : «Si un mec comme ça peut réussir, pourquoi pas moi?» Je suis l'idéal des médiocres.

*

Dès qu'un homme politique devient président, il se fait immédiatement la tête du timbre.

*

On dit que j'ai du talent. Quand je serai mort, on dira que j'avais du génie. Moi, tant que j'ai du pognon...

*

À la télé, faut y aller avec de l'intuition, pas avec des intentions !

*

Il n'y a pas plus ridicule qu'un homme politique qui essaie de faire rire. Volontairement, je veux dire. Ça se voit que le public est obligé de les payer !

*

Si je suis homosexuel ? Je vais vous dire la vérité : je n'ai jamais craché sur un beau garçon. Enfin, de trop près, je veux dire.

*

On a beau dire, eh bah, des fois, c'est le contraire !

*

Les mecs y font des voitures sans permis, y feraient mieux de faire des voitures sans alcool !

*

L'homme descend du singe, surtout sur la tête, sous les bras et au niveau du maillot !

*

Les zones érogènes, vous pouvez pas vous tromper, c'est celles qui font le plus mal quand on se cogne.

*

Quand il y avait du sport à la télé, mon père y criait toujours : « Allez les verres ! », puis il s'en servait un autre.

*

Le socialisme a été inventé par des gens, alors que le capitalisme n'a été inventé par personne. Le capitalisme existe depuis que le monde est monde. De tous temps, des gens se sont dit que ce serait bien de pouvoir faire faire son boulot par un autre.

*

Coup d'État à Madagascar, eh oui, Tanana-
rive pas qu'aux autres !

*

Les filles, c'est mon pognon qu'elles aiment,
pas mon gros bide. Et même si j'ai assez
de charme pour leur faire oublier mon gros
bide, j'en n'aurai jamais assez pour leur
faire oublier mon pognon.

*

La moto, ce n'est pas un gros engin qu'on
a entre les jambes et qu'on essaie de maî-
triser. C'est plutôt une chose sur laquelle
on est allongé et à qui on essaie de donner
du plaisir en en prenant le maximum.

*

Quand on commence à avoir du blé, ce qui
est impressionnant, c'est les dix premiers
milliards. Après, on s'habitue vite.

*

Lors de ma campagne présidentielle, j'ai fait plus d'entrées payantes que tous les autres réunis ont fait d'entrées gratuites. C'est quand même un signe, non?

*

Un policier, ça devrait être un type qui vous raccompagne chez vous avec des mots gentils quand vous êtes bourré.

*

Je suis pour la fidélité dans le couple. À condition qu'on n'ait pas à se forcer.

*

Les Restos du Cœur, c'est pas de la charité, c'est de la redistribution. Merde alors, ça leur appartient aux gens la bouffe que je leur refile. Dans leurs impôts, ils paient pour les excédents alimentaires, non?

*

Quand je me suis présenté, j'ai fait peur aux hommes politiques, quand j'ai fait les Restos, je leur ai fait honte.

*

Si tu sais faire rire, tu sais faire pleurer. Un acteur, c'est comme un briquet : il suffit qu'il y ait de l'essence. Et alors, il y a l'étincelle.

*

Le travail n'est pas un but dans la vie. Le but, c'est d'arriver à rien foutre. Et à part gangster et homme politique, y a pas beaucoup de boulots où on peut gagner de l'argent sans se fatiguer.

*

L'air con me fait la vie facile.

*

En parlant des cons, je parle de moi. Mais dans la salle, chacun pense à son voisin.

*

Je parle pour des mecs dont je me sens... originaire.

*

Le trac, c'est une vaste blague. Ça a été inventé par des comédiens pour empêcher les autres de le devenir.

*

Les autographes, faut en prendre bien soin, parce que ça sert strictement à rien.

*

Je ne savais même pas que de Broglie était mort et, pire encore, je ne savais même pas qu'il fallait le tuer.

*

Je joue un peu de tout, mal, mais je m'en fous. Je suis musicien à cause des oreilles, pas à cause des mains.

*

La musique, j'aime ça, même la musique que j'aime pas. Je préfère la musique que j'aime pas à pas de musique du tout.

*

Pour Belmondo, je tournerais gratis. Je déteste les seconds rôles maintenant que j'ai les premiers, mais s'il voulait de moi, j'accepterais bien de courir derrière lui tout au long d'un film.

*

Le beauf, c'est le mec qui reproche au gouvernement le mauvais temps en été.

*

En économie, moi je ferais d'abord une information éducative. Il faut que les gens comprennent comment ça marche. Quand tu entends parler de « montants compensatoires », tout le monde te dit que c'est ça le défaut et personne ne sait ce que c'est... on te dit, les gouvernements y sont pour rien. Les gouvernements eux-mêmes te le disent : c'est pas nous, c'est les montants compensatoires ! T'as juste le droit de savoir une chose, c'est qu'avec les « montants compensatoires », tu l'as dans le cul, ce qui, en termes d'explication, est un peu juste.

*

Les enfants, c'est cruel. Après, quand ça grandit, ça porte un autre nom, mais ça reste quand même des enfoirés !

*

On veut me mettre en prison parce que j'ai traité un flic d'enculé. C'est formidable, je croyais toutes les taules surpeuplées. S'ils commencent à y mettre tous ceux pour qui les flics sont des enculés, va finir par y avoir du monde !

*

Bangkok, c'est une grande ville pauvre, pleine de jaunes. Ils l'ont construite juste un peu en dessous du niveau de la mer, à cinquante centimètres en dessous. Ce qui fait que, quand il pleut, et il pleut souvent, on a tout de suite les pieds dans l'eau. C'est amusant. Sauf pour ceux qui dorment par terre.

*

Les grands thèmes, l'Amour, la Liberté, la Coiffure, je m'en méfie.

*

Pourquoi des mecs élus par nous, pour faire ce qu'on veut, au lendemain des élections font ce qu'ils veulent ?

*

Je me bats contre les pédants, les cons et les tartuffes. Je parle des mœurs de mon époque. Et je suis en dessous de la vérité.

*

Les journalistes de la télé, c'est des poudrés. Avant d'avoir un stylo, ils ont un peigne. Et ce sont de sacrés équilibristes : essayer de se faire remarquer sans faire de vagues, c'est un métier !

*

Le vrai problème avec les drogues dures, c'est que les politiques qui en parlent voient souvent la poutre que les autres ont dans l'œil, mais rarement la paille qu'ils ont dans le nez.

*

Un journal féminin à grand tirage, c'est normal que ça fasse le bonheur des femmes !

*

En URSS, ils n'ont plus un rouble, plus rien dans les poches. Même les pickpockets meurent de faim là-bas.

*

On m'a offert un poster de Jean-Luc Lahaye. Plus un poster gênant qu'un poster géant. Enfin, quand on voit sa tête, une chose est sûre, c'est un poster rieur !

*

Que celles qui trouvent que je suis gonflé se manifestent, je leur montrerai la valve !

*

Depuis que les Américains ont ralenti l'importation, on a des problèmes de production de brie. On fait trop de brie, paraît-il. Ce qui est pourtant formellement interdit, surtout après 22 heures !

*

– T'habites à Milan ? Eh bien, bon anniversaire !

*

On apprend dans le journal de ce matin
qu'un pilote de chasse s'est fait arrêter par
les flics à 260 kilomètres/heure. Il volait
trop bas ?

*

Palerme : les juges du procès de la mafia se
désistent les uns après les autres. Certains
doivent avoir un mot de leurs parents, les
autres de leur parrain.

*

Dans *Libération* ce matin, un sondage :
« 70 % des jeunes trouvent la politique utile,
64 % la trouvent compliquée, 58 % inquié-
tante et 25 % sale. » Allez, démerdez-vous
avec ça pour vous faire élire les gars !

*

Vous avez neuf ans, vous voulez aller voir
les films interdits aux moins de dix-huit

ans, une seule solution : allez les voir deux
fois !

*

J'ai jamais compris les marées – je vois pas
où passe l'eau qui manque. Pareil pour les
érections.

*

Disons, pour ratisser large, qu'en politique,
il faudrait, par moments, faire primer l'intelligence sur la connerie.

*

Dis donc, ce matin, je me lève, je m'habille,
je mets ma chemise, le bouton me reste dans
la main, je mets mes chaussures, le lacet me
reste dans la main, alors je me suis dit qu'il
valait mieux pas que j'aille pisser !

*

Les baffes, c'est comme les médailles, quand
on les a méritées, c'est trop tard.

*

Le problème avec les journalistes qui viennent m'interviewer, c'est qu'on a l'impres-
sion qu'ils ne lisent pas les journaux. Ils ne
savent rien. Alors, maintenant, quand ils
commencent par me poser, dans l'ordre, les
trois questions suivantes : « Coluche, c'est
votre vrai nom ? », « La salopette, pourquoi ? »
et « Où est-ce que vous allez chercher tout
ça ? », je me tire.

*

– Les questions sur ma vie privée, je crois
que ça n'intéresse pas les gens. Qui a envie
de savoir, par exemple, combien mesure
ma femme ? En tout cas, ceux que ça intéresse, moi ils ne m'intéressent pas.
– C'est pourtant une partie de votre
public...
– Ça les regarde, je demande pas aux gens
que j'aime pas de pas m'aimer.

*

– Coluche, est-ce qu'il vous arrive d'avoir
mauvais caractère ?
– Tous les jours, monsieur. Et à la même
heure !

*

Les arènes de Nîmes, c'est pas comme au café-théâtre, là-bas le comédien n'est pas à vingt centimètres du public, les sourcils, il faut qu'il les fasse avec le coude ?

*

Moi je veux bien être candidat à tout, si demain y a Miss France, j'me présente !

*

Dans notre métier, il faut savoir dire oui pour se faire un nom.

*

Quand les hommes cesseront de croire en Dieu, ils croiront en n'importe quoi.

*

Je suis un gros lard, mais avec le pognon que je gagne, j'aime autant que ça dure.

*

Accident sur un chantier. Un échafaudage s'écroule, deux morts et un blessé grave. Le propriétaire de l'échafaudage déclare : « Ces échafaudages se font depuis plus de cent ans, c'est vous dire s'ils sont solides. » C'est formidable le culot, non ? Il poursuit : « Je me sens blanc dans cette affaire à 99,5 %. » On sait pas comment il a évalué les 0,5 % qui restent, mais à mon avis, les trois mecs, c'est des Arabes. Le procureur de la République en tout cas a été très sévère. Il a réclamé une peine de deux mois de prison avec sursis pour l'entrepreneur – je vous rappelle que la prison avec sursis, c'est celle qu'on fait pas, on a un papier sur lequel y a écrit deux mois de sursis, mais on reste chez soi, et le papier on en a rien à chier. Et le mec a eu 10 000 francs d'amende. Alors voilà, on le sait maintenant, deux Arabes morts et un blessé, ça coûte 10 000 francs à un chef d'entreprise. Moi, je vais vous dire, les Arabes, ils ont de la chance que je les aime bien, parce qu'avec le pognon que je gagne, je pourrais en bousiller un paquet !

*

Maintenant, on peut aller de scandale en scandale dans la politique, dans la finance, et ça gêne personne. C'est le principe de l'information à l'américaine : on dit vraiment tout, mais les gens s'en foutent.

*

Les shampouineuses shampouinent. Et à quoi ça sert les tanks ?

*

Les mémoires de Bernard Hinault, encore un de ces livres que je lirai si un jour je vais en prison.

*

Pour les dames qui voudraient m'écrire, je sais où on peut trouver des chocolats fourrés à la laitue.

*

Quand un mec me dit que c'est gentil de l'aider parce qu'il a jamais eu de chance, je l'aide pas. Parce qu'il faut avoir de la chance pour qu'on vous aide. Un mec qu'a pas de bol, on peut rien pour lui.

*

J'ai déclaré que j'étais candidat à la présidence de la République, comme trente-trois autres mecs qui se sont dit : «Tiens, j'ai un livre à vendre.»

*

Les hommes politiques parlent toujours des Français moyens en pensant que les Français sont moyens. La vérité, c'est qu'y en a des gros, des petits et des maigres, y a pas d'Français moyen, ça n'existe pas.

*

Ça vaut le coup de se fâcher avec quelqu'un si on le voit tous les jours. Parce que si on se fâche avec quelqu'un qu'on ne voit que tous les ans, ça vaut pas le coup, on n'en profite pas.

*

Y a beaucoup d'hommes politiques qu'ont intérêt à parler de moi. Parce que je suis plus connu qu'eux. Ils ont donc intérêt à parler de moi s'ils veulent qu'on parle d'eux.

*

Tout le monde a dit que ma candidature était pas sérieuse, en voulant dire par là qu'elle était pas chiante. Dès que c'est chiant, alors ça va. On peut parler politique.

*

Le problème en politique, c'est que si t'écoutes tous les sons de cloche tu ne vas t'adresser qu'à des cloches.

*

Moi, je demande que ça, être de gauche, à condition qu'elle existe.

*

Moi, j'ai raté le certificat d'études, mais j'ai pas essayé de le passer trois fois.

*

Le problème avec les hommes politiques, c'est qu'ils nous coûtent autant, quand ils sont au gouvernement, que quand ils n'y sont pas.

*

Ce que je pense réellement de la politique ? C'est qu'il faudrait mettre à chaque poste le mec le plus compétent, tout simplement, qu'il soit de droite ou de gauche, peu importe. Et même, je vais vous dire, s'ils sont deux à avoir un avis sur la question, un de droite et un de gauche, eh bien, on pourrait mettre les deux au même poste. Qu'ils travaillent ensemble et puis c'est tout. Et qu'ils nous proposent que les trucs sur lesquels ils sont tous les deux d'accord.

*

Selon la Nasa, la navette américaine a explosé à cause d'un joint. Messieurs les pilotes, merci donc, à l'avenir, de vous abstenir de fumer pendant le décollage des navettes !

*

J'ai fait mon service militaire au fort des Rousses, je sais même plus où c'est, mais ce dont je me souviens, c'est qu'il faisait tellement froid là-bas que même les filles se gelaient les couilles, c'est pour vous dire !

*

On lit dans *La Tribune de Genève* qu'un type qui travaillait dans une banque est parti avec quatre-vingts milliards de centimes. C'était le gérant de fortune de 1 300 clients. Il est parti avec le pognon de tout le monde. Les mecs avaient un compte bloqué, maintenant ils ont un compte courant!

*

Monsieur Le Pen a déclaré: «L'État doit rester à sa place, seulement à sa place et rien qu'à sa place, c'est-à-dire s'occuper de sécurité, seulement de sécurité et rien que de sécurité.» On pourrait peut-être lui trouver un képi à sa taille, non?

*

Comme dit un cadre du parti communiste après une élection: ça me laisse sans voix!

*

Palestine: il faudrait rappeler à Israël que le crime ne paie pas!

*

La lune est habitée, la preuve, c'est allumé tous les soirs.

*

Les médecins belges viennent de se mettre en grève pour une durée illimitée. Les malades reprennent enfin espoir.

*

Le nudisme vient juste d'être autorisé en Angleterre. Ils n'ont rien à craindre, remarque, avec le climat qu'il fait, y a que les plus poilus qui pourront en profiter !

*

Victoire de la droite, victoire du RPR, surtout. Et donc, une petite pensée à méditer pour l'UDF : quand on mange une tartine de beurre, les dents du bas n'ont que du pain sec.

*

Christine Ockrent a accouché : pourvu que ce soit un gosse !

*

Quand j'étais gamin, moi, j'écrivais au Père Noël : « Si t'as besoin de quelque chose, hésite pas à m'écrire ! »

*

Un mec assassiné pendant qu'il collait des affiches. C'est dire si ça l'affiche mal !

*

Il faudrait retirer à l'État les choses qu'il ne sait pas faire ou qu'il fait mal. S'occuper des pauvres, par exemple.

*

Selon Jean-Marie Le Pen, en tant que fils d'immigré, je n'aurais pas le droit de faire les Restaurants du Cœur. J'ai traité Le Pen d'enfoiré, c'est vrai, et je retire ce que j'ai dit. Lui, faut lui trouver un mot pour lui tout seul.

*

Les jeunes hommes politiques de droite et de gauche, laissez-moi rire ! Ils remplacent des vrais vieux par de faux jeunes, oui.

*

Si encore les hommes politiques ne racontaient que des conneries... le problème, c'est qu'ils racontent tous la même, à savoir que la crise, c'est de la faute des autres ! On est dans une situation de crise et ces gens s'engueulent alors que nous on préférerait les voir s'entendre. Là, on s'intéresserait davantage à la politique.

*

Les intellectuels sont des gens courageux et j'aime les gens courageux. Moi-même, j'ai pris position contre le cancer avant 68 – ce qui est très osé si l'on regarde l'échiquier politique de l'époque.

*

J'ai croisé une femme dans un sex-shop, son mari était en panne, elle venait changer les piles.

*

Moi, je propose de mettre une institutrice dans la fusée Ariane. Pour que la maîtresse décolle !

*

En sport, je suis amateur de tennis. Je fais du 40.

*

Très bien ça que les chômeurs fassent grève. Pour une journée au moins, les mecs sont plus chômeurs comme ça, ils sont grévistes.

*

Quand on voit tous ces hommes politiques qui font des magouilles, qu'écopent de non-lieux devant les juges et qui restent en place, on peut se dire que s'il n'y a pas vice de forme là-dedans, il y a au moins une forme de vice.

*

Jacques Chirac : un homme étonnant. Il a serré la main à toute la France et pourtant, lui, il n'en a qu'une.

*

Que tu sois jeune, femme, arabe, noir, tu peux passer à la télé, mais t'as pas le droit d'y parler. Le truc c'est : «Bon, on vous invite quand même mais par contre vous êtes gentil, vous fermez votre gueule !»

*

Les jeunes ne s'intéressent pas à la politique parce que la politique ne s'intéresse pas à eux. Ils ne sont pas considérés comme des gens à qui il est raisonnable de parler. Ce serait une perte de temps pour les hommes politiques. Les jeunes ? Ni intéressants, ni importants. Allez hop, circulez, y a rien à voir !

*

J'ai bouffé dans un superrestau hier soir, près de l'Étoile. J'ai essayé de couper mon steak pendant à peu près une demi-heure avant d'appeler le garçon qui n'a pas voulu me le changer sous prétexte que je l'avais ébréché.

*

Je ferai le Paris-Dakar le jour où ils auront viré le sable tout le long pour mettre du goudron.

*

Finalement, les clochards ont eu le nez creux de rien foutre. Parce que avec tous les chômeurs qu'on a maintenant, ils auraient pas été dans la merde!

*

Le Pen, je veux pas dire, mais je serais pas vraiment étonné d'apprendre que c'est lui qui a inventé la mauvaise haleine.

*

Giscard a déclaré que la comète de Halley qui avait jadis guidé les Rois mages revient pour annoncer la fin du socialisme. Eh bien, si les Rois mages ressemblent à son plumage à lui, ils doivent plutôt se les geler!

*

Le problème avec Dieu, c'est de savoir comment ça marche. Si tu pries pour avoir une bagnole, tu l'auras pas. Mais si tu la piques

et qu'ensuite tu pries pour qu'il te par-
donne, là ça peut marcher.

*

Dans le show-biz, on fait des métiers de
pute : y a des moments où faut relever la
jupe et d'autres où faut serrer les genoux.

*

Jean-Baptiste Doumeng a déclaré : « Oui,
bien sûr, Staline a fait quelques morts, mais
pas plus que les accidents de la route. »
Il devait évidemment parler de tous les
accidents de la route, tous pays confondus,
depuis l'invention de l'automobile.

*

J'ai été au mariage d'une copine hier soir.
Une ex à moi. J'ai été éliminé en demi-
finale.

*

Jean-Marie Le Pen a déclaré : « Il vaut mieux
élire un RPR imbécile qu'un communiste
intelligent. » C'est pour dire que, quand il

s'agit d'intelligence, y en a qui s'y connaissent !

*

Vous savez ce qu'il y a de tatoué sur le derrière des homos maso ? Frappez avant d'entrer !

*

J'ai pas vu Jean-Paul II, d'accord, mais j'ai vu *Rocky 3* !

*

Il paraît que le PC a demandé qu'on change les travestis de bois, qu'on les enlève de Boulogne pour les mettre à Vincennes. Comme quoi, c'est bien le parti des trav'ailleurs.

*

Soirée électorale hier soir. On a vu des choses extraordinaires. On a vu Le Pen parler d'intelligence. Par ouï-dire certainement.

*

Manifestation d'homos dans le Bas-Rhin : quoi de plus normal ?

*

Dans l'Ardèche, un couple, qui était aussi dans la dèche, vient de se faire gauler. Ils faisaient des faux billets de vingt francs. C'est vrai que ça, c'est une belle connerie. Quitte à faire des faux billets, autant faire des billets de cinq cents francs. Parce que milliardaire en billets de vingt francs, l'unité de mesure, ça devient la valise ! Combien de valises pour cette Ferrari ?

*

Les lepénistes sont français. Le problème, c'est qu'ils ne sont que ça.

*

Je vais vous donner la solution idéale pour maigrir : secouer la tête de gauche à droite quand on vous propose un plat.

*

Moi, j'aime beaucoup le caviar, mais j'en mange pas souvent parce que ma femme enlève la peau, alors ça prend des heures.

*

À part faire la queue à la Sécurité sociale, y a rien qui me fait plus chier que d'aller au théâtre.

*

Contrairement à ce qu'on pourrait croire, l'épître n'est pas la femme de l'apôtre.

*

Je connais un très bon café. Encore plus efficace que la mauvaise conscience pour rester éveillé.

*

Ils sortent un film cette semaine : *Femme entre chien et loup*. Si elle ne se fait pas mordre celle-là, elle aura du bol.

*

Le pilote de l'*Amoco Cadiz* a eu une amende de 36 francs. Moi, pour avoir insulté un flic, j'ai eu 300 000 francs d'amende. La prochaine fois que je ne serai pas content j'ai compris, je vais couler un pétrolier en Bretagne !

*

Il n'y a rien qui amuse plus les gens sans talent que d'entendre parler d'eux dans le poste. C'est pour ça que les hommes politiques font de la politique.

*

J'ai lu dans le journal que le Mouvement des radicaux de gauche s'interrogeait sur son avenir. Je dois dire qu'il n'est pas le seul. Et, d'après moi, il ferait même mieux de s'intéresser à son passé : il y aurait plus de choses à raconter.

*

Les sondages, c'est formidable. On te dit pas comment voter, on te dit simplement comment tu as l'intention de voter. Et ensuite tu votes selon cette intention.

*

Pour être comédien, il faut être doué. Le problème des comédiens c'est que 85 % sont chômeurs parce que 60 % ne sont pas doués. Sans ça, il n'y aurait pas de problème.

*

Qui pourrait me blesser en faisant de l'humour ? J'ai été plus loin que personne n'ira jamais avec moi-même. Je me suis pris moi-même pour un con et je me suis mis sur scène dans ces conditions-là devant un public.

*

On a dit que j'avais blessé les Anciens Combattants. Mais un ancien combattant, en général, il est déjà blessé. Sans ça, il est gardien de square et il gueule.

*

Un CRS s'est fait curé, mais reste quand même CRS. Il sera facile à reconnaître celui-là, si vous le croisez dans la rue, il va vous *prier* de circuler.

*

Bison bourré. Boire ou conduire, de toute façon, il faut conduire. Respectez la consigne : rapportez les bouteilles vides aux magasins.

*

On retrouve le pape avec sa papauté… mais y va la remettre !

*

Le clergé a beaucoup discutaillé pour savoir qu'est-ce que si Galilée avait eu raison, que la Terre était ronde, qu'elle tournait, que si les autres qu'est-ce qu'ils disaient que si la Terre était plate, alors donc, etc. bref, finalement y a un évêque qui s'est levé pour apporter du poivre à son moulin et qui a dit : « C'est curieux parce que Jane Birkin, elle est plate et pourtant au cinéma elle tourne ! »

*

À Marseille, un Maghrébin qui était candidat à la députation depuis huit jours a déjà été attaqué trois fois. Je vous dis pas s'il avait demandé à être Premier ministre combien de fois il serait mort.

*

Proverbe belge : rien dire, c'est se taire !

*

La terre aux paysans ! Et l'eau aux pêcheurs !

*

Alain Delon a déclaré : « Si Le Pen avait ma gueule, il serait élu. » C'est bien la preuve que si Alain Delon savait parler, il pourrait faire de la politique.

*

On ne doit pas croire tout ce qu'on nous dit. Mais on peut le raconter...

*

Bientôt, on commandera toute notre bouffe par téléphone. J'attends le jour où on la recevra par la télé, moi.

*

Je suis venu avec un pote magicien. Il va revenir, il est juste parti faire un tour.

*

En Thaïlande, les prostituées ont augmenté leurs prix et les clients ont gueulé : non seulement, elles leurs vident les bourses, mais en plus, elles leurs vident les bourses !

*

Ma position politique : au-dessus des partis. Dans les poils, si on préfère...

*

Alcoolisme – Celui qui se fait prendre en Iran, y raque !

*

Je vais faire un nouveau spectacle : je joue-rai en matinée et enfoirés !

*

Robert Badinter 2 à 0.

*

Je suis allé voir un pote à l'hôpital. Les médecins voulaient pas que je bouffe avec lui. J'ai gueulé, eh bah, ils ont fini par amener un deuxième tuyau !

*

Et maintenant un conseil à tous les sucres amoureux de petites cuillères : ne vous donnez pas rendez-vous dans un café !

*

Je rappelle aux jeunes mariés qu'il ne faut servir que des ailes de poulet à leurs femmes. Bah oui, c'est une tradition, pendant la lune de miel, on ne serre pas les cuisses !

*

Méfiez-vous si vous allez en Écosse, vous risquez l'attentat à la pudeur si vous vous épongez le front avec votre kilt !

*

De la bigamie, c'est quand on a deux femmes, quand on en n'a qu'une, c'est de la monotonie.

*

Je suis allé en Italie ce week-end. En avion. Les salauds, ils ont réussi à me piquer ma montre quand on a survolé Naples !

*

Il est pas franchement radin si tu veux, mais il est quand même du genre à aller acheter des chaussures trop petites s'il trouve par hasard une pommade contre les cors aux pieds.

*

Vous savez ce qui est noir, qui fume et qui pend au plafond ? Un électricien qui a eu un accident de travail.

*

Quand j'étais gamin, je jouais à pile ou face avec une pince et une gomme. Bah oui, la pince épile et la gomme efface !

*

Moi, j'ai trouvé une combine pour les mecs qui veulent faire la guerre. Plutôt qu'ils aillent emmerder les Cambodgiens ou les autres chez eux juste pour essayer leurs armes, on n'a qu'à leur donner un grand terrain, au milieu du désert par exemple, dans un endroit où personne n'habite, une espèce de champ protégé dans lequel ils pourront faire la guerre et se tuer entre eux en toute tranquillité et sans faire chier personne. Un «champ» de guerre en quelque sorte.

*

Conseil aux athées : buvez du bouillon. Normalement, y a pas Dieu dans le bouillon !

*

Depuis que j'ai vu les Rolling Stones à la télé, je me suis remis à aimer les vieux.

*

Une stripteaseuse de 75 ans fait fureur en Angleterre. Elle, c'est Alice au pays des cartes Vermeil !

*

On vient d'apprendre que les roux avaient en moyenne 80 000 cheveux, alors que les bruns et les blonds en avaient en moyenne 140 000. Par contre, il y a plus de roux que de blonds. Comme quoi ça va, on a des roux de secours.

*

J'avais un prof d'anglais qu'était vachement frappé parce que je l'appelais Eagle. L'aigle, en anglais. En fait je l'appelais Eagle simplement parce qu'il gueulait tout le temps.

*

La différence entre Gainsbourg et moi, c'est que moi, quand je dépasse les bornes, je le fais toujours exprès, je ne perds pas le contrôle. C'est toute la différence entre l'alcool et l'herbe.

*

Peut-on rire de tout ? Ma position sur le sujet, c'est que, si c'est drôle, t'as eu raison de le faire !

*

Je parle parfaitement l'anglais. Mais les Anglais ne me comprennent pas, ce qui est normal, parce que ce sont des enfoirés.

*

L'accordéon, c'est dégueulasse. Moi, j'y touche pas. C'est un instrument qu'a été malade. Il est encore plein de boutons.

*

Le problème des hommes politiques, c'est qu'y a pas de place pour tout le monde dans les cabinets ministériels! Bah oui, y a un loquet! Et c'est pour ça que les autres font de drôles de gueules!

*

«Ça se rafraîchit!» comme on dit quand on a rien à dire!

*

C'est n'importe quoi les sondages, regardez celui-là : Êtes-vous constipé? En tout cas,

moi, j'aurais répondu non, parce que franchement, ils font chier avec les sondages !

*

Serge Gainsbourg : c'est toujours métro-
goulot-dodo !

*

Alain Delon a déclaré : « Si j'entrais en politique aujourd'hui, je ferais un malheur. »
Un malheur, ça serait pas mal parce que les
hommes politiques, eux, ils en font des tas
de malheurs.

*

Évidemment qu'on s'attendait à être criti-
qués pour les Restos du Cœur. On est toujours critiqué pour ce qu'on fait. Remarquez,
on pourrait aussi être critiqué pour ce qu'on
n'a pas fait, mais ça, en général, en France,
on fait pas. On critique jamais les gens qui
font rien, on ne critique que ceux qui font
quelque chose.

*

Le problème de Mauroy, c'est qu'il a pas une tête de Premier ministre. De deuxième ministre plutôt, et encore, grand maximum !

*

Robert Charlebois avait une maison à côté de la mienne sur les îles. On était voisins de palmier. J'aime bien dire du mal de lui et puis, de toute façon, les accents ont toujours tort. En tout cas, ils ont fait sauter ma maison là-bas, et pas la sienne. Décidément, Charlebois et c'est moi qui trinque !

*

Jean-Marie Le Pen a déclaré que les Restaurants du Cœur étaient une opération trompe-l'œil. Ce qui, effectivement, est emmerdant pour lui qu'en a qu'un.

*

Dans la catégorie sex-appeal, nouvelle victoire du vibromasseur !

*

J'ai passé un excellent week-end : je me suis pendu, mais la corde a cassé.

*

Accident d'une fusée belge. Elle s'est enfoncée dans la terre au démarrage. À mon avis, ils avaient monté l'élastique à l'envers.

*

Le Pen a proposé ce week-end à ses sympathisants de se coudre sur la veste une étoile jaune avec écrit : «Français». Je suis pour, ça serait en effet pas mal qu'on les reconnaisse !

*

Le Pen n'aime pas voir les Arabes sur notre sol. Il préférerait peut-être les voir dessous !

*

Pourquoi un prêtre aurait pas le droit d'être homo ? On peut tout à fait aimer Jésus et les garçons. D'ailleurs, Jésus, c'est un garçon...

*

Je parle assez peu l'allemand. Moins bien en tout cas que Le Pen quand il s'énerve.

*

Je vais organiser une conférence sur l'égalité des sexes. Il y a en effet des grands, des petits, des longs, des larges, des maigres et c'est dégueulasse : il faut que ça cesse !

*

J'ai été serveur à une époque. Quand un mec me demandait un café fort, je lui servais une tasse d'eau chaude. Le mec gueulait et je lui disais : «Vous voyez que vous êtes bien assez énervé comme ça ! »

*

C'est marrant, quand j'ai arrêté la scène, les gens me demandaient : «Quand est-ce que vous revenez ? » et les journalistes politiques me disaient : «C'est promis, hein, vous arrêtez définitivement ! »

*

Au Moyen Âge, il paraît que les gens étaient plus bronzés qu'aujourd'hui. Les scientifiques pensent que c'est parce qu'ils passaient plus de temps dehors. Et moi, je crois que c'était plutôt la rouille des armures.

*

Mourousi à la une de *Paris-Match* : visiblement y a pas d'avion qu'est tombé cette semaine ni de trains qui sont montés l'un sur l'autre !

*

Le problème avec Jospin, c'est que, comme c'est pas un voyou, il s'intéresse pas aux médias. Il fait partie de ces mecs de gauche qui sont souvent d'anciens pions roux avec une barbiche. Des mecs qu'ont été scouts. C'est typiquement le genre de types contre qui les journalistes aiment bien s'énerver. Catherine Nay, par exemple, hier soir, à *L'Heure de vérité*. Elle lui posait pas de questions, elle l'engueulait carrément !

*

Tremblement de terre dans la Creuse – à part un mec qui a le Parkinson et qui un instant s'est cru guéri, les autres ont seulement été ébranlés quelques secondes. Ils ont quand même gueulé parce qu'ébranlés d'accord, mais seulement quelques secondes, faut quand même pas déconner !

*

En France, les réformes économiques ont autant d'effet que des piqûres dans des prothèses de fesses.

*

Messieurs, ne confondez pas une pute et une salope. Pute, c'est un métier, salope, c'est un trait de caractère.

*

La cuisine anglaise, c'est simple : quand c'est froid c'est de la bière, quand c'est chaud, c'est de la soupe.

*

Accident de chasse : un type qui tirait sur un lapin a tué un de ses camarades, lequel laisse une femme, quatre enfants, et donc un lapin.

*

Savez-vous pourquoi les juifs ont le sens de l'humour ? C'est un don de la nature.

*

Une très bonne combine pour vous éviter de vous ronger les ongles : Faites-vous arracher les dents.

*

Du Beau, du jau, du beaujolais – c'est une plaisanterie au 12e degré !

*

Naissance de deux jumelles – on leur souhaite longue vue !

*

Bagarre au cours d'un match de basket : tout le monde a fini au panier !

*

La télé dans les prisons : ils avaient déjà les barreaux, maintenant ils ont les chaînes !

*

Cours de grammaire : un jour, des journaux !

*

Le budget de la Sécu, il est de plus de neuf
milliards. On prévoit qu'il sera de moins
cinq milliards dans deux ans... le mec qui a
fait les comptes est tombé malade. Ça en
fait un de plus déjà.

*

Il suffit de se rappeler tous les noms des
morts et tu connais le nom des rues.

*

Le prix des voitures en hausse dès demain.
Le prix des chaussures aussi, mais elles,
c'est des deux pieds !

*

Aujourd'hui, qu'est-ce qu'on apprend-il ?
Les chiens antidrogue sont accros – pour
des chiens, c'est normal !

*

Bokassa et Baby Doc avaient avant un petit contentieux, ils ont maintenant un gros compte en Suisse.

*

Quand on voit l'âge des mecs qui nous gouvernent, on s'aperçoit qu'on fait bosser les occupants d'une maison de retraite !

*

Le pape, voilà un homme divin. Divin, mais d'appellation contrôlée !

*

Rio, un Boeing n'a pas réussi à sortir le train – accident de train donc, ce qui pour un avion est quand même le comble. Il a dû se poser sur le ventre. Les travestis sur place ont déclaré : « Nous, on est habitués à atterrir sur le ventre, y a aucun problème et personne nous emmerde ! »

*

Le président de l'Allemagne visite Israël avec sa famille. Je sais pas si vous avez vu les photos, mais ils étaient tous habillés en vert, sa femme en vert macht et ses gardes du corps en vert botten!

*

C'est les vacances : attachez vos bagages sur le toit de la voiture si vous voulez épater la galerie!

*

En Tunisie, une manifestation d'Arabes contre la pauvreté. C'est un pays où y a décidément trop de Beurs et pas assez de pain!

*

Le parti socialiste nous dit «faire un pas à droite, c'est faire trois pas en arrière», ça va donc être une campagne électorale très danse.

*

Vous savez comment on reconnaît un chien d'aveugle? Y a un aveugle au bout!

*

Y a une minorité opprimée dont on parle
jamais, c'est les Indiens. Ceux qui vivent
dans l'attente… de jours meilleurs. Et pourtant, Indien vaut mieux que deux tu l'auras.
Enfin bref, ils réclament de l'argent, ils
veulent des Sioux. Ils n'ont plus rien à
manger, paraît-il, ils sont obligés de prendre
dans les réserves. Et ils y laissent des
plumes ! La vérité, c'est qu'ils vivent en tipi
du bon sens et que, de toute façon, on n'en
a rien à foutre alors, allez, foutez-moi ça
dehors !

*

C'est un mec qui téléphone au garde-
meubles :
– Allô ! Est-ce que vous vous rendez à
domicile ?
– Non, monsieur, le garde-meuble ne se
rend pas.

*

Vous savez où il y a le plus de céréales au
tiers-monde ? Dans les boulettes de viande !

*

Aujourd'hui, on est jeudi, on s'en fout, ça change tous les jours.

*

L'année prochaine, la vignette auto sera ronde. On l'aura dans le cul tout pareil, mais au moins on ne se blessera pas avec les coins.

*

Un nouveau journal sera vendu par des chômeurs, il coûtera 6,50 francs. Alors un conseil, plutôt que de l'acheter, envoyez les 6,50 francs aux Restos du Cœur, parce que nous, les chômeurs, on les exploite pas, on les nourrit!

*

Injustice flagrante qui a semé dans l'épis-copat quelques remous: tous les pères ont des calottes rouges alors que sa propreté, Jean-Paul II et Jean Retiens un, lave plus blanc avec javel Lacroix, la croix qu'il a autour du cou d'ailleurs. Ainsi, il y a des pères blancs, il y a des pères rouges et si vous êtes parmi ceux qui ont des paires rouges eh bien, allez voir votre médecin, c'est pas normal.

*

Charles Pasqua déclare : « Je connais les remèdes politiques pour redresser la France. » Après 40 ans de carrière, il est un peu con de pas les avoir donnés plus tôt, non ?

*

Depuis que le PSG caracole en tête du championnat de France de football, les supporters parisiens ont retrouvé une bonne raison de se bourrer la gueule. Ils en trouveront une autre si les résultats sont moins bons.

*

Le président russe était à Paris pour les soldes aux Galeries Lafayette. Il était arrivé à crédit, il est reparti content.

*

De nouvelles affiches ce matin dans la rue : au secours, la droite revient ! Vous avez dû les voir. On a cherché évidemment qui c'est qui les a posées, eh bien, figurez-vous que c'est le PS qui fait campagne pour dire qu'il a perdu d'avance !

*

La CLT : la compagnie luxembourgeoise de télévision, a dit : « La sixième chaîne pourrait émettre avant Noël. » C'est-à-dire avant la cinquième. Alors on se demande si la septième pourrait pas émettre à partir de demain et la huitième à partir de l'année dernière.

*

Les Arabes ont fait beaucoup de progrès. Maintenant, y en a des riches. Y en a aussi des pauvres, rassurez-vous ! Vous n'allez pas être obligés de bosser tout de suite !

*

J'ai fait l'Écosse en autocar, j'vous l'conseille pas, c'est un peu comme l'Australie en kangourou !

*

Il paraît que Sylvie Vartan a encore fait des progrès. Ça va faire 28 ans maintenant qu'elle fait des progrès. Moi, j'y vais pas. J'attends qu'elle ait fini tous les progrès. J'verrai tout d'un coup, c'est mieux.

*

Françaises, Français, nous envisageons un redressement dans cinq ans. En effet, dans cinq ans, nous serons considérés comme un pays sous-développé auquel viendront en aide les pays industrialisés.

*

J'ai vachement changé. Eh ben, j'ai croisé un copain, l'autre jour, j'y ai fait coucou… Y m'a pas reconnu ! Remarquez, lui, il est tellement con que si ça se trouve, c'était pas moi, hein !

*

Un coiffeur, c'est un dentiste pour la tête.

*

Je me suis tout le temps fait rouler quand j'étais gosse. On m'disait par exemple : « Mets pas tes doigts dans ton nez ! », puis finalement mes doigts ont grandi en même temps que mon nez, ça s'est très bien passé.

*

Monsieur Reagan a dit qu'il allait donner de l'argent clandestinement à ceux qui luttent contre le communisme en Angola. Alors, il va donner l'argent – j'suis d'accord ! – mais clandestinement... Maintenant qu'il l'a dit, ça m'étonnerait ou alors c'est moi qui suis con.

*

De retour de Pologne, rien ne change, niveau fringues, c'est toujours l'abbé Pierre le fournisseur exclusif !

*

Sophie Favier porte une perruque. Pas sur la tête, sur la langue.

*

Le dernier amant de Rock Hudson, apprenant «après coup» sa séropositivité, a demandé à la famille du défunt un dédommagement de plusieurs millions de dollars. On a donc affaire à un enculé qui ne recule devant rien, ni devant personne d'ailleurs, c'est pour ça que ça se transmet.

*

Le Pen est tellement raciste qu'avant la commercialisation des télévisions couleur, il avait deux postes : un pour le blanc et un pour le noir.

*

Un homme a fait un casse avant de déposer le butin à l'agence d'en face : voilà un braqueur qui a de la Suisse dans les idées.

*

Plutôt que de se parfumer de partout, il vaut mieux puer de nulle part.

*

Moi, enregistrer un disque ? Y a déjà assez de mauvais chanteurs comme ça.

*

Pasqua, ministre de l'Intérieur : les cheveux frisés et le bronzage sont déconseillés.

*

Il paraît que Georges Bizet beaucoup.

*

D'un penseur arabe : Est-ce la poule qui philosophe, ou l'ophe qui fit la poule ?

*

Vivre en HLM, y a pas que des inconvénients. Bah oui, les murs sont tellement minces que c'est quand même le seul endroit où tu peux avoir un orgasme quand c'est tes voisins qui font l'amour. Ça t'évite de vivre à deux, tu fais des économies.

*

Naître, c'est un traumatisme, d'après les journaux. Pour moi, ça a surtout été une surprise. Je m'y attendais tellement peu que j'ai même pas eu le temps de m'habiller.

« Les Français sont un peu sales,
moi non plus,
je ne suis pas très toilette. »

Les Français, tels que vous les présentez, je les aime plutôt. Ils sifflent quand ils sont de bonne humeur. Vous dites qu'ils sont vulgaires. Ce n'est pas vulgaire de siffler quand on est de bonne humeur ! Pour moi, vulgaire, c'est chanter l'amour devant tout le monde et se cacher pour le faire. Mais se mettre les doigts dans le nez, manger avec ses mains, se gratter les fesses dans la rue, c'est pas vulgaire, c'est normal.

S'ils marchandent, c'est pas parce qu'ils sont malins, c'est parce qu'ils ont pas de ronds. Ils sont même pas radins : juste économes ; ils sont à dix sacs près, faut pas croire ! La resquille, c'est pire : 17 %, c'est beaucoup. Vous n'avez que ceux qui l'avouent. S'il faut compter ceux qui le disent pas et ceux qui trichent dans les Carrefour et qui se tuent pour passer avant leur tour !...

Les Français ne boivent pas l'eau du robi-
net, ça c'est con. Elle est peut-être pas assez
chère. Les autres sont aussi mauvaises, mais
au moins on les paie. Vous dites qu'ils sont
inquiets ? C'est normal.

Ils se bouffent les ongles. Surtout les hommes
politiques. Il paraît qu'en politique 50 % des
hommes se rongent les ongles, et 50 % viennent juste d'arrêter. Ils se lèvent la nuit pour
voir si la porte est fermée. Plusieurs fois, ça
frise la bêtise ; une fois, d'accord, mais pas
plus !

Avoir peur de prendre l'ascenseur, c'est
idiot ça ! Rester coincé dans l'ascenseur,
c'est pas très grave. Les incidents de par-
cours, il faut les organiser. Notre vie manque
d'anarchie.
Ils regardent dans la lunette avant de tirer
la chasse d'eau. C'est pas extraordinaire. Sa
merde, c'est important. Quand on demande
à quelqu'un comment il va, c'est de sa merde
qu'il parle : « Ça va mollement, c'est dur… »
C'est à cause de l'odeur qu'on tire la chasse,
sinon on la garderait.

Les Français se trouvent beaux. Ça, c'est bien. Les rock'n rollers ont toujours un peigne sur eux. Quand ils vont à la plage, ils le glissent dans le slip de bain. En sortant de l'eau, il faut se recoiffer, sinon tu n'emballes pas et tu ne peux pas te promener nu chez toi avec la fille que tu viens d'emballer.

Moi, comme 16 % des Français du sondage, je me promène nu chez moi. Mais il faudrait ouvrir les fenêtres pour que les gens se fassent des signes. On est tous voyeurs. On se retourne tous dans la rue sur les culs qui passent.

Les Français sont un peu sales. Moi non plus, je ne suis pas très toilette. J'aime bien être propre, mais il y a des moments où j'aime bien être crado, surtout quand il fait froid dehors. Il m'est arrivé de rentrer dans une grenouillère et de ne pas la quitter de la semaine.
Les Français sont pantouflards, dit votre sondage. Moi, j'enlève mes fringues en rentrant chez moi.

J'ai la photo de mes deux gosses dans mon portefeuille. Depuis peu, parce que je vis séparément d'eux.

Ils écoutent la radio tous les matins à la même heure. Heureusement! Ça permet à des mecs comme moi de vivre. C'est vachement bien, la radio : ça donne l'heure, le temps qu'il fait, ça permet d'écouter des chansons... Faut faire attention à la routine.

J'essaie de pas toujours m'asseoir à la même place à table, les 78 % de Français qui le font devraient faire attention. On prend vite des habitudes.

Je jette aussi le plus vite possible les journaux et les vieux papiers parce que j'ai pas l'intention de vivre longtemps.

40 % des sondés reculent le plus possible le moment d'aller aux toilettes quand ils ne sont pas chez eux. C'est cool. Déjà pour y aller, il faut vraiment en avoir envie. Il vaut mieux attendre un peu. Nous, les comé-

diens, comme on est rarement chez nous, on fait où on nous dit de faire, comme Chirac dit aux chiens.

Vive la France !

Coluche
À
Con-Fesse
paru dans le magazine *Lui* en 1980

Coluche, le sexe – pardon, le «cul» –, il n'aime pas beaucoup en parler. Il a même fallu attendre ses Adieux au music-hall *pour avoir un léger aperçu de ses idées sur la chose. Lui a donc décidé de lever le voile, de le pousser dans ses retranchements. Et, non content de lui faire (tout) raconter, cela a donné forme à ses fantasmes!*

LUI : *Vous parlez de tout, de politique, de bouffe, de bagnoles, de flics, de journaux... De sexe, jamais.*

COLUCHE : Moi, je parle pas de cul ! Merde alors !

LUI : *Vous voyez bien ! Scato toujours, érotico jamais !*

COLUCHE : Vous n'avez pas entendu mon dernier sketch ! Ou alors c'est qu'il vous a fait peur. C'est un truc sur le racisme anti-sexe. Le sexe pour les gens, c'est mal, on en est encore là. Prenez le mot bite, eh bien, c'est un gros mot même si c'est une petite bite, ça vraiment, ça me troue !... Depuis l'âge de douze, treize ans, quand j'ai commencé à baiser dans ma cave, avec les copains du quartier, quoi. En fait, on baisait une gonzesse qui voulait bien et qui savait pas de quoi il s'agissait et nous non plus. Et on rentrait en disant : « Putain si ça fait mal à chaque fois comme ça, moi j'arrête.»

LUI : *Et cette fille, elle avait quel âge?*

COLUCHE : Plus âgée que nous. Seize, dix-sept ans. Elle était pas très jolie, tu vois, mais elle voulait bien. C'était pas si courant, dans la banlieue où j'étais – Montrouge, banlieue sud –, c'était un peu interdit tout ça... Mais le plus interdit, l'inaccessible, bien sûr, c'était la prof de l'école. Pas à la maternelle, non, au début de la grande école, je devais avoir sept ans. Alors là, ça fantasmait sec. On voyait pas ses jambes, rien, parce qu'elle était assise bureau fermé devant, mais on imaginait pas mal. Elle devait avoir trente-cinq ans. Assez jolie. Enfin pour nous. Les institutrices, ça laisse toujours des traces... Après, il y a eu les copines de ma sœur. Deux ans de plus que moi. Idéal comme désir. Mais superplatonique. Et puis aussi les actrices.

LUI : *Lesquelles?*

COLUCHE : En prem's, prix d'excellence toutes catégories, Bernadette Lafont. Attendez un peu : Pierrette Pradier, Stéphane Audran, euh, Jeanne Moreau. Et Bernadette Lafont, mais je l'ai déjà dit, non? Surtout elle.

LUI : *Et une fois que vous avez été en mesure de les connaître, vous n'avez pas essayé de réaliser vos fantasmes ?*

COLUCHE : Ah ben non, sans ça, ça ne serait plus des fantasmes et on ferme le magnéto-phone. Non, je suis toujours branché avec les mêmes que je viens de citer mais si je peux me permettre, comme on dit, je suis plutôt le genre de mec à se contenter de ce qu'il a. Encore que ce n'est pas peu dire. Vous ne connaissez pas ma femme ? C'est une superbe gonzesse.

LUI : *Bon, on y reviendra !*

COLUCHE : C'est ça ! Alors, flash-back, avan-çons plate-forme ! J'ai quatorze ans. Ah oui, les copines de ma sœur. Elles ont seize ans. Deux ans d'écart, à cet âge-là c'est énorme. T'as envie de tuer pour l'avoir quoi ! Et j'ai remarqué quelque chose qui pourra faire réfléchir vos distingués lecteurs et les géné-rations futures, qui me semble assez impor-tant : ce n'est pas parce qu'à quatorze ans on est attiré par les filles de seize, qu'à trente-cinq ans on ne bande que pour les filles de trente-sept et qu'à soixante-quatre pour les filles de soixante-six ans. C'est pas de la haute philosophie dans le boudoir, ça,

mon cher Zitrone? Fin de la rubrique. Par-
lons des putes.

Lui : *D'accord!*

COLUCHE : D'accord ou pas, les putes ça m'a
toujours branché. On y a été très jeunes avec
les gars du quartier, dès qu'on a pu franchir
la frontière de Montrouge. Paris, c'était la
rue Saint-Denis. Depuis la sortie de l'école
jusqu'à la limite de la nuit, on montait et
on descendait de Strasbourg-Saint-Denis au
Châtelet, comme des malades. D'ailleurs,
on montait pas beaucoup, on montait même
jamais puisqu'on n'avait pas d'argent.

Lui : *Et la première fois que vous êtes
«monté»?*

COLUCHE : Aucun souvenir. On marchait
devant et on matait, ça oui, je me rappelle
bien. Je me rappelle aussi mes premières
amours, c'étaient des amours qui n'ont pas
abouti. Annie Marlot, elle s'appelait. On
écoutait «J'entends siffler le train» et «Nouvelle vague» ensemble. En plein Richard
Anthony! Et puis on se roulait des pelles à
la sortie de l'école! Là j'ai douze, treize
ans. On se filait rancart tous les dimanches
au cinéma. On se mettait dans le fond du
balcon, là où c'est noir, et on se roulait des
pelles. C'était tout ce qui se passait. Une

fiancée, quoi. Les places coûtaient un franc vingt-cinq et le nom du cinéma, c'était le Palais des Fêtes ou alors le Verdier. Ça peut être intéressant si je deviens président de la République, les mecs auront pas à faire d'enquête, à aller emmerder la bande de Montrouge. Là, ils ont tout!

LUI: *Vous étiez nombreux dans cette bande?*
COLUCHE: Une quinzaine. La vedette, c'était un mec qui s'appelait Jean-Paul. Un rapatrié. Il avait tout, le costard, les chaussures, il avait vraiment tout, alors c'était lui, le bellâtre, qui draguait, dans des espèces de petits bals, les premières discothèques, quoi. Il disait aux gonzesses: «Il y a une surboum chez Robert.» En fait, c'était pas chez Robert, c'était chez Jean-Louis qu'on allait, mais on disait pas les noms parce qu'on avait un peu le trac qu'elles reviennent: on était quand même une bonne douzaine à mater quand il se les faisait. Des fois, on arrivait à les sauter après, mais pas toujours.

LUI: *Ça arrivait tout de même?*
COLUCHE: Heureusement! La première que j'ai baisée, c'était une coiffeuse un peu rousse – auburn ça s'appelait – avec des couettes à la Sheila. Elle restait sur le dos

pendant des heures et elle lisait *Ciné-Revue*. Elle s'occupait de rien. Elle parlait, même.

LUI : *Il n'y avait pas d'homosexualité ?*
COLUCHE : Non. Moi, j'ai eu personnellement une expérience, mais c'était bien plus tard, pendant mon service militaire. Un mec qui m'avait pris en auto-stop à Dole, un professeur de piano. Il m'avait piégé. Le genre : « Comment, t'as jamais essayé, si ça se trouve, tu vas trouver ça formidable, t'es un imbécile. » À vingt ans on y va, non ? Moi, en tout cas, j'y suis allé. Quand on est arrivés chez lui, il s'est mis tout nu et tout, alors moi, comme un con, j'ai éclaté de rire et je me suis taillé, non, j'ai vu que vraiment, j'étais pas branché avec ça. Mais, attention les gens ont le droit d'être pédés, y a pas de norme, chacun la sienne et puis...

LUI : *Le président n'a pas beaucoup de vices !*
COLUCHE : Si, le train. J'ai horreur du train. Je suis quand même allé à Venise, exprès en train, dans une seule couchette avec ma femme. Ça vraiment, c'est le pied. Mais les trucs comme on voit dans les films ou dans certains romans, les mecs complètement allumés, je ne suis pas très client.

LUI : *Les mecs complètement allumés ?*

COLUCHE : Ceux qui demandent à leur femme, la leur ou une autre, de se déguiser en porc ou de se mettre de la graisse autour de la tête pour sentir l'odeur de la charcuterie – un exemple parmi d'autres, chère Mademoiselle. Non, ça c'est glauque. Encore que, personnellement, je préfère quelqu'un qui fait ça avec une femme – ou un homme – qui veut bien, plutôt qu'un mec avec attaché-case et superbrushing qui va attaquer les petites filles en sortant de son petit bureau de comptable. Le mec qui a des fantasmes, même durs, mais qui les connaît, au moins, il est pas dangereux, il fait chier personne. C'est ça qui est important dans la vie : faire chier le moins possible.

LUI : *Vous vous considérez comme sexuellement normal ?*

COLUCHE : Tout à fait... C'est-à-dire pas du tout. Y a pas de normal, parce qu'il n'y a pas de norme.

LUI : *Il y a quand même une moyenne. Vous vous situez comment ?*

COLUCHE : Développé. Attention, je ne cherche pas à me vanter d'avoir un sexe d'une taille particulière. Je dirais plutôt que j'ai des fréquences.

Lui : *C'est-à-dire ?*
Coluche : Que je baise volontiers tous les jours. Y a des jours où on baise pas, mais c'est tout de même assez rare. C'est emmerdant de parler de ça, parce que forcément je suis obligé de parler un peu de ma femme. Vous lui demanderez son avis...

Lui : *Sur vos premières photos, on voit un jeune homme mince, assez mignon, et puis vous vous êtes fabriqué un personnage...*
Coluche : De petit gros, c'est ça que vous voulez dire ? D'abord, je ne l'ai pas entièrement fabriqué. J'avais tendance à la bouffe, alors quand j'ai eu des ronds, je suis devenu rond. C'est vrai que j'ai arrondi le personnage avec ma coiffure qui fait une tête de petit gros. J'ai joué la carte que j'avais...

Lui : *Et ça n'a pas dû vous aider avec les femmes ?*
Coluche : Ma petite notoriété a pallié largement. D'abord au Café de la Gare, on a tout de suite eu du succès et aussitôt, les filles ont commencé à nous attendre à la sortie, ça c'est le premier truc, les groupies, ça vient avec les premiers applaudissements, ça rate jamais. Et puis j'ai eu une troupe de théâtre et là, d'abord, il y a toujours les rap-

ports passionnels qui se créent entre gens d'une même troupe, puis aussi la tendance naturelle des filles est de se diriger vers celui qui dirige.

LUI : *Vous ne seriez pas un peu phallocrate ?*
COLUCHE : Franchement, je ne crois pas. Les filles ont une sexualité aussi libre que celle des hommes. Quand une fille couche avec un acteur en tournée, elle sait bien qu'il ne sera plus là le lendemain, or elle le fait quand même. Comme nous. Si c'est pas ça l'égalité… Et puis vous avez remarqué ? Quand une fille se tape un type un soir et le jette le lendemain on dit qu'elle est libérée, quand c'est le contraire, on dit que le type est phallo.

LUI : *Il y a quand même une inégalité fondamentale, c'est la beauté.*
COLUCHE : Ça, on n'y peut rien. Et, en plus, il y a des choses qui sont plus importantes physiquement. Je dis bien physiquement. Les supermannequins avec des jambes maigres qui n'en finissent plus, pas de seins et des yeux sans expression, ça ne m'attire pas, mais alors pas du tout. Les belles gonzesses, selon les canons habituels, ne me font ni chaud ni froid.

LUI : *Prenons un exemple : Catherine Deneuve. Elle est superbe, c'est un fait. Et elle a aussi l'air un peu froid. Imaginez-vous seul avec elle ?...*

COLUCHE : C'est à elle qu'il faudrait poser la question. Je ne crois pas qu'elle soit vraiment folle de moi. Mais, enfin, un homme serait malhonnête s'il jurait : celle-là, je n'ai pas envie de lui mettre un coup.

LUI : *En réalité, vous pensez que les hommes ont envie de « mettre un coup », pour employer votre langage de candidat à l'Élysée, dans tout ce qui bouge...*

COLUCHE : C'est vrai, j'ai envie de mettre un coup à plein de gens. À plein de monde. Des milliers d'hommes, à qui j'ai envie de mettre un coup derrière la tête, et des milliers de filles à qui j'ai envie de mettre un coup dans les cannes ! Heureuse ?

LUI : *Bof !*

COLUCHE : Je vous trouve d'une grossièreté difficilement supportable. Enfin, puisque vous êtes là pour me parler de cul, poursuivons... Oui, le cul, eh bien, c'est ce qui me casse le plus la tête. Je veux dire, cette partie du corps féminin qu'on appelle le cul. Et tout ce qu'il y a à proximité, la cambrure des reins, les cuisses, enfin des trucs ronds et, si possible, durs. J'aime, oui, j'ééme.

LUI : *Et vous avez votre petit musée dans la tête ?*
COLUCHE : On a tous son Louvre, son Prado, sa pinacothèque. Pas mauvaise, celle-là ? Passons. En prem's, les filles du Crazy : parce qu'elles sont belles mais aussi et surtout parce qu'elles ont des culs. Cela posé – sur la commode, bien sûr –, quand je m'imagine avec l'une d'elles, je me vois enfant et elles me prennent dans leurs bras, genre nourrice un peu limite, tu vois ? soit alors, en James Bond.

LUI : *C'est-à-dire ?*
COLUCHE : James Bond, c'est clair, non ? Le mec vers qui on va, et qui fait celui qui n'en a rien à foutre. Parce qu'entre nous, je suis pas très adroit pour draguer... Enfin, à l'époque, je ne l'étais pas. Maintenant je suis plus très sûr qu'avec le succès... Non alors, la fille du Crazy, elle montre à tout le monde qu'elle est avec moi et moi j'ai l'air un peu lassé et à la limite, je casse mon coup, je me scie tout seul à force de faire l'indifférent... Ça, c'est un plan que j'ai depuis Montrouge...

LUI : *Et vous l'avez déjà réalisé ?*
COLUCHE : Jamais.

LUI : *Et il ne vous est jamais arrivé d'imaginer toutes les filles du Crazy ensemble ?*
COLUCHE : Elles sont combien ?

LUI : *Beaucoup.*
COLUCHE : Alors non, j'aurais surtout envie de me tailler.

Arrive Véronique Coluche, épouse du comique, ravissante, c'est vrai. Il la prend par la taille et l'embrasse sur la bouche.

LUI : *Vous faites ça naturellement ou pour montrer à quel point vous êtes un mari irréprochable ?*
COLUCHE : Je ne peux pas me retenir.

Haussement d'épaules de l'épouse.
COLUCHE : Mais tu sais bien que pour moi, la plus belle, la seule, c'est… ma maman.
Rire de l'épouse. Exit l'épouse.

COLUCHE : Cet après-midi, je lui ai acheté des tenues formidables. Je connais sa taille par cœur. Alors je lis les magazines, *Elle*, *Cent Idées*, etc. Et je note les adresses, je me pointe au magasin et je rapporte. Je suis

assez client pour la lingerie, bas, porte-jarretelles, tout ça. Superclient. Ça vous suffit
ou il faut que je continue ?

Lui : *À votre bon cœur....*
Coluche : Bon, alors, un petit coup sur la
libération des femmes. C'est bon pour l'élection et puis en plus, je pense vraiment que
c'est un truc extra. D'abord, parce qu'elles
baisent davantage depuis qu'elles sont libres
et qu'en conséquence, voyez-vous, ma chère,
on en baise plus aussi. Mais cela ne va pas
sans poser, comme on dit à la télévision,
quelques problèmes d'importance. Et en
premier lieu, un problème d'arithmétique
fort simple : étant donné que je ne connais
que des mecs qui baisent plusieurs femmes,
il y en a forcément un qui baise la mienne.
Tragédie mathématique !

Lui : *Et si vous étiez président, vous en profi-
teriez pour sauter un maximum de filles ?*
Coluche : Ah ! Parce que les présidents de la
République baisent ? C'est dégueulasse de
dire ça, ça c'est immonde, ça c'est de l'ou-
trage à chef d'État. J'espère que vous vous
retrouverez au trou pour avoir osé poser
une telle affirmation ! Moi, en tout cas, il y a
une chose que je ferai : c'est de coucher avec
ma femme dans toutes les pièces du palais

présidentiel. Dans toutes. Parce que depuis une dizaine d'années, où on vit ensemble avec la mère de mes bambins, nous avons fait l'amour dans toutes les pièces, tous les recoins des trois ou quatre maisons que nous avons habitées. Un peu pour marquer le territoire. L'Élysée évidemment, c'est très grand… Vous croyez qu'elle voudra ?

*Extrait de l'interview réalisée par
Marie-Pierre Grospierre,
alias Pierre Benichou.*

Descente de police
nº 6
Michel Colucci
paru dans *Rock'n'Folk* en 1985

Narquois, le Gros les attendait sur son terrain – il avait investi dans la limonade, bien sûr. Planqué derrière ses hommes de main et ses avocats comme une vraie vedette du microsillon, prêt à leur servir son sketch et bonsoir la volaille. En observant le décor du confessionnal, carrelage blanc et bains publics recyclés, l'Imper Vert et l'Imper Mastic regrettèrent fugitivement que les baignoires fussent vides. Mais foin de nostalgie : ils avaient d'autres moyens de le faire parler.

Thierry Ardisson • L'Imper Mastic.
Jean-Luc Maître • L'Imper Vert.
Jean-Guy Gingembre • Collaboration.

Paris (France), 25/09/80. 22 h 55. Personne
ne saura jamais pourquoi la rue Chaptal
avait ressorti le dossier Depardieu, dit « La
Bête », mais c'est ainsi qu'ils avaient découvert que, ces derniers temps, ce dernier passait ses journées en compagnie du fameux
Colucci, dit « Coluche » : sous les ordres d'un
certain Zidi, ils tournaient en effet ensemble
une sombre histoire intitulée *Inspecteur La
Bavure*, à la suite de quoi Colucci devait
s'enfermer trois mois au Gymnase avant
de s'envoler avec l'argent et pour toujours
vers une île des Caraïbes.
« Ce soir au restaurant des Bains-Douches.
Pas de temps à perdre » : c'étaient les derniers mots de Chaptal. « La dernière à droite
sur Sébasto avant Turbigo », ont précisé les

deux impers (un mastic et un vert) en montant dans le taxi. Le chauffeur (504) leur a proposé des cigarettes (505) mais pour eux, les Hollywood (bleus) ont remplacé les Rothman's (pas des bleues): non, merci. Dehors: Champs-Élysées/Concorde/quais rive droite: la Ville lumière brille de tous ses feux. Dedans: mini-Sony & Mémorex: l'arme et les munitions sont prêtes. Quand (22 h 59) le taxi s'arrête devant les Bains-Douches, les deux impers ont relevé leur col.

Le barman: Tiens, voilà Starsky and Hutch! Tequila Sunrise? Blue Lagoon?
Eux: Vichy & Perrier. De l'eau pour les impers! Depuis le temps, tu devrais commencer à le savoir, non? Le Gros est en haut?
Le barman n'a pas indiqué le restaurant. Le Gros est en bas. Au billard... En les voyant, Colucci réalise le film de la soirée: il demande aussitôt à un va-chercher d'aller chercher Paulo Lederman, son manager. L'autre arrive peu après. Il ne les quittera plus. REC/ON/START/VOL 10/23 h 07.

Thierry Ardisson: Ton vrai nom, d'abord?
Michel Colucci: Colucci. C.O.L.U.C.C.I.

Jean-Luc Maître: Prénom?

M. C.: Michel. M! I! C! H! E! L!

J.-L. M.: Confonds pas interrogatoire et interview! Surnom!

M. C.: Ben, «Coluche».

T. A.: On t'appelait déjà comme ça quand tu étais petit?

M. C.: Non. On m'appelait Michel.

T. A.: Et ta femme, elle t'appelle comment?

M. C.: Michel.

T. A.: Et tes copains?

M. C.: Michel!

J.-L. M.: Ça sort d'où ça, «Coluche», alors?

M. C.: C'est la fille chez qui j'ai débuté qui m'a baptisé comme ça. Ça m'est resté.

J.-L. M.: Son nom?

M. C.: Bernadette. Rue des Bernardins.

Pas très français

J.-L. M.: Dis-moi, «Colucci», c'est pas très français...

M. C.: C'est même complètement italien. Mon père a quitté Naples pour échapper à la guerre. Une famille de lâches.

T. A.: C'est comme ça que tu es né à Paris.

M. C.: Dans le XIVe exactement.

J.-L. M. : Quel jour ?

M. C. : Le 28 octobre… 1900, c'est sûr. Après, y a un flou… 36 ans… Ça fait… euh… 1944.

T. A. : Colucci. Michel. Paris. XIVe. 28/10/44. Signe ?

M. C. : Singe.

J.-L. M. : On n'est pas en Chine. Signe ?

M. C. : Scorpion. Remarquez, c'est valable pour très peu de monde. Ni les Chinois, ni les Indiens, ni les Arabes, ni les Noirs, ni les Russes ne s'intéressent au scorpion. Alors, dire que t'es «scorpion», ça revient à dire que t'es européen.

T. A. : Taille ?

M. C. : 1,69 mètre.

J.-L. M. : Poids ?

M. C. : Autour de… euh… 86.

J.-L. M. : Le pire, c'est combien ?

M. C. : 92… Des fois 96.

T. A. : Les dents ?

M. C. : Les… ?

J.-L. M. : Les dents, tes dents !

T. A. : Tu en as combien ?

M. C. : J'ai une dent fausse juste devant, que j'avais cassée quand j'étais petit… Celle-là… Mais comme elle est de mauvaise qualité, ça ne se voit pas : on croit qu'elle est aussi pourrie que les autres.

T. A. : C'est tout ?

M. C. : Y me manque encore une molaire…
Là, au fond…

J.-L. M. : Dents en or ?

M. C. : Rien en or.

T. A. : Cheveux ? Ça ne t'ennuie pas de
devenir chauve ?

M. C. : Rien à foutre.

Profession du beau-frère

J.-L. M. : C'est leur couleur naturelle ?

M. C. : Ouais. Je suis châtain sur la tête. J'ai
la barbe rousse. Et plus bas, c'est blond. Ça
va en dégradant.

T. A. : Les yeux ?

M. C. : C'est les miens. Ha ! Ha ! Ha ! Non,
je suis myope.

J.-L. M. : C'est pour ça que, sur scène, tu
portes des lunettes ?

M. C. : Non. Au départ, c'était pour faire de
la Mobylette au Café de la Gare, je faisais
aussi le coursier.

T. A. : Donc, c'est pas parce que tu es myope
que tu portes des lunettes ?

M. C. : La preuve, c'est que j'en porte pas
dans la vie.

J.-L. M. : Bon. Signes particuliers, maintenant. Marques de naissance, cicatrices, tatouages ?

M. C. : L'appendicite, comme tout le monde.

T. A. : Cicatrice artistique ? Cachée par le slip ?

M. C. : Ouais, dans le fond de la culotte.

J.-L. M. : Ça t'embête pas d'être laid ?

M. C. : Y a tellement peu de chance que je puisse changer de corps ou de tête que je vois pas l'intérêt de se poser la question.

T. A. : Et si tu pouvais y changer quelque chose, ça serait quoi ?

M. C. : Si je pouvais changer quelque chose, j'aimerais bien que tous les pauvres soient riches.

J.-L. M. : Tu n'attaches donc pas la moindre importance à ton physique ? Tu penses qu'il y aurait trop de travail ?

M. C. : Je ne veux pas faire un régime qui me ferait plus chier que d'être gros.

T. A. : Ça ne te dérange pas, quand tu te regardes tout nu dans la glace ?

M. C. : J'ai mis une toute petite glace dans la salle de bains. Et je me fous complètement de mon physique du moment que les gonzesses continuent à trouver que je suis rigolo.

J.-L. M. : Colucci. Michel. Père : napolitain. Mère ?

M. C. : Parisienne.

T. A. : Profession du père ?

M. C. : Mort. Il est mort tout de suite. J'avais deux ans.

J.-L. M. : C'est donc ta mère qui t'as élevé ?

M. C. : Ouais. Elle avait trouvé un travail à côté de chez nous, à Montrouge. Elle remplissait des cartons. Tu vois le genre de travail qu'on donne aux femmes maintenant, t'imagines y a vingt ans !

T. A. : Des frères et des sœurs, bien sûr.

M. C. : Non, juste une sœur. Elle a un an et demi de plus que moi.

J.-L. M. : Profession du beau-frère ?

M. C. : Garagiste.

T. A. : À l'école, tu faisais déjà le clown ?

M. C. : Je foutais le bordel, mais c'était pas pour faire rire, c'était pour foutre le bordel. J'ai toujours été plus subversif que comique.

J.-L. M. : Mais tu as quand même obtenu ton certificat d'études primaires ?

M. C. : Je l'ai raté et je suis parti.

T. A. : Et après ?

M. C. : J'ai fait tous les métiers.

J.-L. M. : En dehors de ton travail, tu restais chez toi ou tu traînais en bande ?

M. C. : Plutôt en bande. À Montrouge, y avait une bande par cité de HLM. « Solidarité » pour ceux de la rue de la Solidarité. « Jean-Jaurès » pour la place Jean-Jaurès. « Buffalo » pour le stade Buffalo.

T. A. : Tu étais dans laquelle ?

M. C. : Dans toutes.

J.-L. M. : Vous faisiez quel sport ?

M. C. : On chapardait au Prisu.

T. A. : C'était à peine pire que les scouts.

M. C. : Bien sûr, on a fait pire, mais pour le reste les droits me sont réservés, y compris pour l'URSS.

J.-L. M. : Et ton service militaire ? Tu as servi dans quel corps ?

M. C. : Prison.

T. A. : Et depuis ; qui te coupe les cheveux ?

M. C. : Moi. J'ai jamais mis les pieds chez un coiffeur.

J.-L. M. : Tu te rases comment ?

M. C. : Électrique. Et après, je mets un truc de chez Dior. C'est pour vous dire.

T. A. : Ton tailleur, c'est Dior aussi ?

M. C. : C'est Raymond, puces de Vanves. Les chaussures, c'est Bertulli, Rue Marbeuf. Les caleçons, c'est Charvet, place Vendôme : je leur fais copier des Fruit of the Loom.

Tennis, non

T. A. : Tu fais quel sport ?

M. C. : Jamais.

J.-L. M.: Tu as donc des vices? Tu fumes du tabac?

M. C.: Non.

T. A.: Jamais une cigarette?

M. C.: Non-non.

J.-L. M.: Même à l'armée?

M. C.: Non-non-non.

T. A.: T'as pas envie d'une petite cigarette de temps en temps?

M. C.: Je ne suis pas fumeur.

J.-L. M.: Tu fumes du haschisch?

M. C.: Je ne fais pas de tennis non plus. Ça doit venir de ça.

T. A.: Tu es bien sûr que tu n'as jamais essayé?

M. C.: Si on me donnait le choix entre le haschisch et le tennis, je prendrais quand même le haschisch...

J.-L. M.: Quel est ton alcool préféré?

M. C.: Je bois pas d'alcool.

T. A.: Et tout ça, c'est pas de l'alcool?

M. C.: C'est pas de l'alcool, c'est des bières.

T. A.: Malgré tout ça, je suppose que tu as tout de même une religion. Tu es baptisé?

M. C.: Non. Pas du tout. Mais vous savez, les mecs qui sont baptisés, faut pas leur en vouloir; on leur a pas demandé leur avis.

T. A.: Mais tes parents, origine italienne, ils devaient être de bons catholiques?

M. C.: Mes parents? Y se sont dit: si on le

baptise, il fera sa communion et s'il fait sa communion, faudra lui acheter une montre. Alors, pas de baptême.

J.-L. M. : Tu ne t'es jamais intéressé à la religion ?

T. A. : À Dieu ?

M. C. : Tous les mecs qui croient en Dieu croient que c'est le seul. C'est même de là que vient l'erreur ! Sérieux, j'ai lu quelque part qu'il y a plus de soixante-deux millions de dieux connus depuis que le monde existe ! Sans compter les demi-dieux, les machins et les trucs !

T. A. : Mais ne crois-tu pas, même si la forme est différente, que tous ces gens-là pensent au même Dieu ?

M. C. : Absolument. Ils pensent au même Dieu, c'est-à-dire à la même chose. Si Dieu n'existait pas, il faudrait l'inventer. Dieu, c'est un besoin pour les hommes... Comme le haschisch pour les tennismen.

J.-L. M. : Comme tu as des idées sur la religion, tu dois avoir une opinion sur la politique.

M. C. : Je suis coluchiste.

J.-L. M. : C'est pour cela que tu veux être candidat ?

M. C. : Je voudrais que les 36 % d'abstentionnistes votent pour moi. Ça montrerait aux hommes politiques qu'il y a plus de gens qui s'en foutent que de gens qui ont voté pour eux.

J.-L. M. : Penses-tu pouvoir recueillir les cinq cents signatures d'élus nécessaires ?

M. C. : Je vais recueillir cinq cents signatures d'intellectuels, enfin de gens connus pour leur intelligence, de manière à pouvoir dire que les autres sont désignés par des cons et que moi, c'est le contraire.

T. A. : Et quand tu veux pas qu'on vote pour toi, tu votes pour qui ?

M. C. : Jamais voté.

J.-L. M. : Tu passerais à la Fête de l'*Humanité* ?

M. C. : Pour de l'argent, oui.

J.-L. M. : Et pour le RPR ou l'UDF ?

M. C. : C'est pas pareil.

T. A. : Ah bon ?

M. C. : Ben oui, la Fête de l'Huma est une fête traditionnelle.

T. A. : Traditionnelle ? Elle a trente ans !

M. C. : Si je passais à une fête RPR ou UDF, faudrait qu'ils me paient beaucoup plus, pour pouvoir dire que je l'ai fait pour beaucoup plus d'argent. Il n'y a vraiment que de ça dont je pourrais me vanter dans cette affaire.

T. A. : Et pour encore plus d'argent, tu ferais une fête de l'extrême droite ?

M. C.: Y sont pas assez nombreux pour faire une fête!

J.-L. M.: Mais dans tes sketches, tu parles de politique.

M. C.: Quand je me suis vraiment intéressé à la politique, quand j'ai voulu savoir comment ça fonctionnait, j'ai lu *Le Capital*. L'avantage du *Capital*, c'est que pour expliquer le communisme, il commence par expliquer le capitalisme. Ce qui fait que t'as besoin d'acheter aucun autre livre.

Le capitalisme, c'est naturel

T. A.: Oui, la partie critique est intéressante, ce sont les propositions qui sont plus inquiétantes.

M. C.: Ce qui est vrai, c'est que le capitalisme n'a été inventé par personne, alors que le socialisme, ça a été inventé par des gens. Le capitalisme, ça s'est fait tout seul depuis que le monde existe. Ça, quand même, tu peux pas le négliger. C'est comme la théorie des climats pour le bonheur. Quoi qu'il arrive, même si le régime social est formidable, en Ukraine on se gèlera les couilles, et en Floride y fera beau.

J.-L. M. : Donc, tu penses que la supériorité du capitalisme réside dans son caractère naturel ?

M. C. : Ben oui, de tout temps, les gens se sont dit que s'ils pouvaient faire faire le boulot par un autre, ça serait quand même super. Vous, vous écrivez pas votre truc : vous avez un mini-Sony qui travaille pour vous. Vous savez comment ils bossent, les mecs, au Japon : viennent en rang, marchent au pas, prennent à peine des vacances, gymnastique obligatoire, un quart d'heure, c'est tout juste si y a pas un quart d'heure de rires obligatoires. Encore un pays sauvé par la guerre ! Comme les Allemands ! Ils l'ont perdue, eux, la guerre ! Moins cons que nous !

T. A. : À part la lecture commentée du *Capital*, tu as d'autres talents ?

M. C. : Comme tout le monde, je sais faire plusieurs choses, mais chez ceux qui ne sont pas artistes, ça ne s'appelle pas talent.

J.-L. M. : Et comme tout le monde, tu es marié ?

M. C. : Ben, oui.

J.-L. M. : Officiellement ?

M. C. : Devant le maire.

T. A. : Pas d'église ?

M. C. : Ça nous serait même pas venu à l'idée.

Avec Miou-Miou

J.-L. M.: Il y a des filles avec qui ça ne marche pas.

M. C.: Moi, j'en connais pas.

T. A.: C'est donc une amie d'enfance?

M. C.: Non, c'est une journaliste qui est venue m'interviewer et qui est jamais repartie.

J.-L. M.: Vous vous êtes mariés combien de temps après votre rencontre?

M. C.: Quand elle était enceinte du deuxième.

J.-L. M.: Colucci. Michel. Marié. Deux enfants. Prénoms? Âges?

M. C.: Romain, huit ans, et Marin, quatre ans.

J.-L. M.: Mais avant ta femme, tu as eu des aventures?

M. C.: Avant ma femme, j'étais avec Miou-Miou.

T. A.: Tu étais du genre timide ou audacieux?

M. C.: C'est une question de glandes. Tant que ça va, ça va… Et puis, y a un moment où tu as toutes les audaces. Et plus tu as d'audace, moins tu as de goût.

J.-L. M. : Et avec les groupies, comment ça se passe ?

M. C. : J'ai pas hérité du public de Claude François !

J.-L. M. : Mais quand tu es seul, en tournée, tu résistes ?

M. C. : Je fais ce que je peux.

T. A. : Et quand tu revois tes copains de Montrouge, ça se passe comment ?

M. C. : À part Bouboule, je vois plus grand monde… Si, de temps en temps, j'en vois un qui est plombier à Montrouge. Mais, vous savez, les plombiers, ils ont plus de boulot que moi !

J.-L. M. : Tous ces gens qui tournent autour de toi, chez toi, au restaurant, partout, tu ne te dis pas qu'ils sont là surtout pour ton argent ?

M. C. : Moi aussi, je suis là pour le blé. Vous savez, l'amitié, l'amour, la liberté, le bonheur, ça fait longtemps que je me fais plus d'illusions là-dessus.

T. A. : Pragmatique.

M. C. : T'as pas à penser, t'as qu'à regarder. Et les mecs qui pensent que le monde est autrement que ce qu'ils voient, c'est des cons !

J.-L. M. : La petite bande que tu entretiens, du moment qu'elle te fait rigoler, ça te suffit.

M. C.: Ça change. En général, c'est plutôt moi qu'on paie pour faire rire.

T. A.: Vous allez dans quel genre de boîte ?

M. C.: Nulle part.

T. A.: Des concerts ?

M. C.: Rarement.

T. A.: Les Bains-Douches, c'est un peu chez toi aussi.

M. C.: Ouais. Je suis actionnaire.

J.-L. M.: Tu regardes beaucoup la télévision ? Que préfères-tu ?

M. C.: Je préfère tout.

T. A.: Tu lis des livres ?

M. C.: J'ai lu *Le Capital*. Ça m'a pris deux ans et demi. Stop !

J.-L. M.: Tu habites où ?

M. C.: J'ai un pavillon cradingue au parc Montsouris.

T. A.: Loyer mensuel ?

M. C.: 6 500 francs.

J.-L. M.: Mais depuis que tu travailles, tu dois avoir des économies ?

M. C.: Un peu d'argent placé pour me faire une rente et une petite maison sur un bout de terrain dans une île des Caraïbes. C'est là que je vais aller m'installer l'an prochain. Adieu le music-hall !

J.-L. M.: Voitures ?

M. C.: Une grosse Rolls et une petite Honda. Plus une Harley.

T. A. : Tu la conduis toi-même, ta Rolls ?

M. C. : Non, j'ai un chauffeur. Fourni par Lederman. Enfin, je le choisis et c'est lui qui paie.

400 briques par an

T. A. : Que fais-tu lorsque tu ne fais rien ?

M. C. : Rien.

J.-L. M. : Tu te lèves tard ?

M. C. : Je me lève pas tard : je me lève huit heures après m'être couché.

J.-L. M. : Et après, tu prépares tes sketches ?

M. C. : Quand j'en prépare un, j'en prépare douze. Je prends des notes sur un magnéto-phone de poche.

T. A. : Tu fais ça seul ou à plusieurs ?

M. C. : Seul. Quand j'ai travaillé en groupe, ce sont les autres qui ont gagné plus que moi parce que j'avais plus d'idées qu'eux. Enfin... plus d'idées réalisables. Tout le monde a des idées : la preuve, c'est qu'il y en a des mauvaises !

J.-L. M. : Elles te rapportent beaucoup, tes idées ?

M. C. : Lederman prend 100 % des recettes et me donne 10 %.

T. A. : Ça fait combien, au Gymnase, par exemple ?

M. C. : Une brique par jour pour moi.

T. A. : Pour la province, c'est le même prix ?

M. C. : Pour la province, c'est le double.

J.-L. M. : Plus les disques et les films, ça fait combien par an ?

M. C. : Quatre cents briques. Moins 65 % aux impôts.

J.-L. M. : Tu y arrives ?

M. C. : Ben oui, c'est sûr, j'suis plus heureux que ceux qui sont au chômage ou qui s'emmerdent pour gagner trois ronds. Je tiens à dire que l'argent fait le bonheur !

T. A. : Mais pour gagner beaucoup d'argent, il faut beaucoup travailler.

M. C. : Depuis dix ans, j'ai trimé, oui, mais n'importe qui aurait été prêt à travailler autant que moi pour la même somme d'argent. Ça serait arrivé à un de mes copains, déjà, j'aurais trouvé ça bien !

J.-L. M. : Colucci, comment es-tu devenu Coluche ?

M. C. : Vous savez, à part gangster ou homme politique, les boulots qui se font sans qualification, y a quasiment qu'artiste. J'ai commencé au Café de la Gare avec Romain Bouteille. Il m'a engagé comme patron. Faut dire que tout le monde était patron. Je sais, je sais, aujourd'hui ça fait expérience… euh…

T. A. : Collectiviste.

M. C. : Ouais, maintenant, ça porte des noms de maladie, mais nous, quand on faisait ça, on n'y pensait pas… Après le Café de la Gare, j'ai commencé mes trucs tout seul à la Galerie 55, chez René le Gueltais.

J.-L. M. : C'est lui qui t'a découvert ?

M. C. : C'est déplaisant pour les artistes qu'on dise qu'ils sont découverts, parce que ceux qui les découvrent, c'est eux-mêmes… Après la Galerie 55, c'est en 74 quand j'ai rencontré Paul Lederman que je suis devenu ce que je suis.

T. A. : Ça ne doit pas tellement lui faire plaisir de te voir tout quitter pour aller t'installer dans cette île des Caraïbes ?

J.-L. M. : Parce que, même si tu reviens pour faire des films, lui, c'est sur les galas et sur les disques qu'il touche.

M. C. : Il n'a pas le choix.

But : ne rien foutre

PAUL LEDERMAN : Le vrai problème, c'est pas l'argent, c'est pas l'argent du tout, je vous jure. Avec Coluche, c'est un grand, un immense artiste qui s'en va en pleine carrière extraordinaire.

T. A. : Pourquoi ne plus faire que du cinéma ?

M. C. : Parce qu'on fout rien et que c'est bien payé ! La vie d'acteur, c'est un vrai conte de fées. Le matin, on vient te chercher. Après, on t'habille, on te maquille, on t'assied sur une chaise et quand on te dit : «À toi !», tu dis trois mots et tu te rassieds. Deux minutes sur huit heures : c'est pas cassant comme boulot. Le travail, c'est pas un but dans la vie. Le but, c'est quand même d'arriver à rien foutre ! Je comprends pas pourquoi on me demande toujours pourquoi j'arrête ? Moi, ce que je me demande, c'est pourquoi je continuerais.

23 h 50. Quand les Bains-Douches s'étaient emplis, ils avaient vidé le billard pour s'installer dans le bureau. Heureusement, car la présence de Lederman durant tout l'interrogatoire avait obligé les deux impers (un mastic et un vert) à… Certains soirs, les bavures étaient inévitables. Les deux inspecteurs le savaient. Chaptal comprendrait. «Moi, ce que je me demande, c'est pourquoi je continuerais.» (Michel Colucci.) REC/OFF/STOP. 00 h 37. C'est fini. Mis-

sion nº 6 accomplie. Il est temps d'apporter les minibandes au décryptage (90) et les impers au nettoyage (sang).

Interview réalisée
par Thierry Ardisson
et Jean-Luc Maître.

On me demande souvent si j'ai l'intention de sortir un bouquin de toutes mes conneries. Honnêtement, je pense pas qu'il y ait une librairie assez grande pour toutes les contenir.

Table

Composition réalisée par INTERLIGNE

IMPRIMÉ EN ESPAGNE PAR LIBERDUPLEX
Barcelone
Dépôt légal éditeur : 42542-04/2004
LIBRAIRIE GÉNÉRALE FRANÇAISE - 43, quai de Grenelle - 75015 Paris.

ISBN : 2-253-07278-8

30/3084/8